林佩 著
ANTENNA
牛魚 繪

【人物簡介】小白。
忠於工作熱愛休閒，追鬼魂、捕妖怪、趕演唱會、當粉絲，毫不衝突。是與時俱進的新一代鬼差代言人。

【人物簡介】小黑。
跟小白同屬地府無常鬼，目前於田淵市城隍爺麾下當差。不愛說話，因爲話都被小白說光了。這年頭，沉默是金。

【人物簡介】阿七。
本是天上七殺星君，因罪被貶下凡，擔任群青巷口土地爺一職。愛抽菸，但目前有改啃棒棒糖的趨勢。

【人物簡介】姬水月。
警署總部，特殊事件調查科科長，擁有鑑定妖獸、神獸的能力，美豔無比，萬種風情。徵婚中，非誠勿擾。

【索引】鬼事顧問、零肆。司獸者。

鬼事顧問、零肆。司獸者。

【第壹章】惡貓爪奪路，血旗鬣鼠揚天。

田淵市晨曦初顯，群青巷底桃花院落裡，露水沾潤院內花草，早起的公雞小玉低頭啄著早起的蟲兒，咯咯咯好不快活。

牠是天雞，神話中司晨之鳥，祖先曾住在度碩山桃樹頂上，每天日出光照桃樹時鳴叫，天下群雞隨鳴，飛天時如雷如風驚天動地，說有多威風就有多威風。

小玉遙想祖先的氣派，自己也很得意，轉頭一看，這家的主人還躺在桃花樹下呼呼大睡呢，昨晚又喝酒了吧，酒鬼！

懶得叫他，繼續啄蟲子吃。

睡在桃花樹下的年輕男子叫做鍾流水，身上的藍布褂子頗有古味，他長相俊雅絕倫，右眼角旁的粉色胎記卻詭異無比，活像一隻蝙蝠攀在上頭。

他沉浸於染了醇醪的夢鄉裡，回到度碩山上那段時光。

因為在夢裡，忘了此身是客，只顧著一晌貪歡，卻見朔風野大，小妹粉色的衣裙飛揚，笑容如蜜；虎獸白澤跟天雞繞樹追逐，神荼、鬱壘兩兄弟靠著樹根打盹。

「小妹……」

正想問她近日的修行進境如何，突然有少年音聲切入。

「舅舅、舅舅！」

似熟悉又遙遠，誰在喊著誰。

「舅舅，我走了！」少年說。

鍾流水睜開眼，天上人間只在一眨眼處，他收回幾近脫韁的情緒，卻問外甥：「上學怎麼穿便服？」

少年姜姜有著跟他相近的外貌，卻更加純真討喜，聽到問了便回答：「今天課外參觀日，往科博館看展覽，上星期就跟你說了啊！」

鍾流水甩甩手，意思是去吧去吧。他閉上眼睛躺回逍遙椅裡，想念起小妹的巧笑倩兮，十年生死兩茫茫，不思量，也難忘。

身旁桃樹舞風嫣然，一片花瓣覆上昨夜的殘酒冷杯裡。

姜姜，十六歲，稻穆高中一年級學生，眉似漆刷唇若丹霞，面如白玉目如明星，這樣的相貌放在現代，應該是美眉愛慕、男生羨慕的花美男一枚，但可惜的是，此人患了某種不治絕症──絕症名稱為「先天性全方位不定期理所當然自以為是自欺欺人自我催眠陶醉綜合症候群」，又稱為「天兵症」，醫學上歸屬於腦殘，是無藥可治的惡疾，所以「受歡迎」這種選項從來都沒他的分。

幸好此症患者的病感非常低，完全不知道自己有病，所以姜姜活得很快樂、很滿足，每天都哼著歌曲上學去。

拿著剛從超商買的鮪魚三明治，邊啃邊沿小巷走，突然旁邊牆頭上傳來喵嗚喵嗚叫，卻是一隻虎斑野貓，野貓頭形成三角，尖銳的耳朵跟頭形比起來，比例大出許多，特殊的是牠兩眼一黃一白，額頭有攔截紋，尾巴有九節錢紋。

別怪姜姜把這隻貓看得那麼仔細，平常他上學挺無聊的，早把巷弄裡會出現的幾隻野貓都取了小名，沒事逗著玩，今天這隻很陌生，應該是從哪兒闖來的新住民。

野貓邊用舌頭舔著尖爪子，邊又虎視眈眈他手中的鮪魚三明治，嘴角淌口水。

「想吃？啦啦啦不給你～～」搖搖屁股扭扭腰，姜姜欺負人家。

貓也是有自尊的，過來一抬貓爪子，拍掉姜姜手裡的三明治。

姜姜看看地上的三明治又看看野貓，最後吼罵連連：「臭貓笨貓死貓爛貓，我打死你！」要找武器教訓貓，四周卻沒棍子石頭，摸摸褲子口袋，有顆硬硬圓圓的彈珠，掏出來，哼，他姜姜打彈珠的功力是百發百中啊，野貓你死定了！

彈珠的金黃色光芒於晨光中閃耀，好漂亮，姜姜怔了一怔，這顆彈珠怎麼來的呢？

想啊想、想啊想——

對吼，這是前幾天跟章魚往地獄裡逛大街時，有個人送給他的紀念品，他順手放到褲子口袋裡，洗衣服時也忘了拿出來。

章魚說過這東西是琥珀，是寶石，若是拿來對付野貓太可惜了，姜姜決定改拿鞋子攻擊，野

壹・惡貓爪奪路，血旗釁揚天

貓卻因此淒厲叫起來，像有誰踩了牠尾巴，在牆頭上弓起背來如臨大敵。

原來貓怕鞋子啊，哇哈哈！姜姜大笑，「哼、我威霸傲天下的鞋子可不是蓋的，叫做那個、呃、戮血神履，打到就化為膿血，害怕的話快逃吧！」

貓尾豎起，這貓如離弦快箭撲來，姜姜啊啊一叫反射性屈臂遮臉，唰一聲，貓爪子撓破了他衣袖，手裡鞋子也往外飛了去，無聲落地的貓兒回頭，凶狠盯著姜姜。

姜姜這下真毛了，管琥珀是不是寶物，看準了貓就要扔，突然間發現貓眼精光一閃，貓頭還隨著他的手而動作。

他試著舉手，貓頭往上仰，手往下，貓低頭，手上下上下，貓兒拼命點頭，姜姜瞭了。

「想要我這珠子？哼、不給！」

說著就要把珠子放回口袋，貓急了，又朝姜姜撲騰，姜姜立刻縮回手，雖說成功護住了琥珀，手背上還是出現三條細微血痕。

貓一落地，立刻轉腰又瞪來，姜姜在氣勢上輸貓可多了，哇啦啦叫著往前逃，突然發現前頭大路上有他的同班同學兼死黨張聿修，二話不說求救。

「章魚章魚，打貓！」

綽號章魚的張聿修發現姜姜被貓給欺負了，立刻跳下腳踏車跑來，姜姜一溜煙躲在他身後。

「怎麼了？」張聿修問，心底卻大概猜得到答案，肯定天兵又犯傻了。

「臭貓害我吃不到早餐，揍死牠，算我的！」姜姜有恃無恐了。

張聿修這麼一個人才，哪會跟隻野貓認真呢，作勢朝貓噓了幾噓，那貓一反先前的凶牙舞爪，慵懶懶搖著尾巴走了。

「……這貓不凶。」張聿修說。

姜姜仰天大笑，「哇哈哈算牠有眼光，先逃先贏，我果然就是那打不倒的勇者，推不倒的巨人，我是超級巨星光芒萬丈！」

姜同學，剛才先逃的人是你吧？

不過個性寬厚的張聿修同學從來都學不會吐槽，只是看著個子嬌小的姜姜，存疑，這人從哪裡得出自己是巨人的結論？

「……你剛剛說早餐，早餐怎麼了？」張聿修又問。

被提醒了，姜姜繼續怒髮衝冠，指著屍橫於地的三明治說：「貓搶我的鮪魚三明治！我才咬了一口、一口耶！我是發育中的青少年，不吃得頭好壯壯，將來怎麼進哈佛、怎麼打NBA、怎麼當姜來瘋！？」

張聿修點點頭，基本上已經瞭解姜姜最近迷上的偶像是誰了。他是三好少年，相貌好、脾氣好、功課好，其實心地更好，見不得同學餓肚子，從袋中掏出自己的三明治遞過去，說：「吃吧。」

壹・惡貓爪奪路，血旗釁揚天

姜姜歡呼一聲，邊拆包裝袋還邊回頭看，就怕野貓又來了。

就這樣，張聿修騎著腳踏車，後頭載著一個歡歡喜喜吃早餐的姜姜，在鐘聲響之前進入教室。

教室裡鬧哄哄，因為今天不用上課，所以人心浮動，但最浮動的還是女同學們，因為最近班裡轉來了新同學。

看書的諸君或許會問：區區一個轉學生，為什麼引起人心浮動？

根據所有小說動漫的定律，胖宅男和圓仔花都對不起轉學生這種稱號，只要是轉學生，肯定都有個不尋常的背景，可能是來自異世界的救世主，或是身懷絕技的超能者，要嘛，起碼也會是美女或俊男。

而新來的轉學生恰好就是個美少年，符合了上述其一的條件，所以班上女同學興奮了好幾天，都想辦法要趁科博館參觀的時候，找理由跟他拍合照，好上傳到臉書讓別人嫉妒。

轉學生叫做陸離，水晶一般剔透，他不說話時眼睫總半下垂著，像是給自己隔離出一個讓人難以跨越的空間，而他的課桌位置就剛好在姜姜前頭。

總跟別人保持距離的他，卻意外的常跟姜姜說話，比如說現在。

「你們差點兒遲到了，十六歲的人，時間管理這種小事都做不好。」

姜姜手遮眼，天，轉學生長得太閃，害他眼睛都痛起來，只好邊揉眼邊解釋：「喔、我上學遇見餓壞的小貓，生起惻隱之心，就把鮪魚三明治給牠吃了……你很感動對不對？對啊，連我自己都很感動呢，救貓一命勝造七級浮屠。」

陸離半信半疑，「你心地很好？」

姜姜拍拍陸離的肩膀說：「我是好人，而且威霸傲天下，你可以崇拜我。」

這傢伙哪來的自信呢？陸離斜眼睨著肩膀上那隻手，心中轉過無數疑問，一等那隻手拿開，他立刻掏出條手帕往肩膀上擦啊擦，就像姜姜手上沾了鼻屎似的。

老師在教室外頭喊集合，女同學們全都過來簇擁著陸離，這個說陸同學你別跟姜姜太接近，智商會被拉低，那個說搭車時間到了，往校門口去集合吧。陸離不動聲色皺著眉，這群女生們身上都噴什麼香水啊，臭死了，真恨不得現在回家去洗個澡，把這些薰死人的味道全洗掉。

一旁的姜姜聽見自己被貶低，也不忤，女生們送給自己的負面言論全都出於嫉妒，嫉妒他的完美無瑕。

「陸離同學似乎很喜歡跟你說話。」張聿修根據這幾天的觀察，下了結語。

「他跟你弟一樣，仰慕我的絕代風華。」姜姜理所當然的答，接著愣了一下，說：「章魚你……」

「怎麼？」張聿修見他表情有異，問了。

拍拍張聿修肩膀，姜姜笑咪咪，「放心，你才是我最好的麻吉，因為你會請我吃早餐，會讓我用你家電腦，陸離同學頂多當我的跟班。」

「……不客氣。」張聿修回答的感傷，他如今的麻吉地位原來是用電腦和早餐換來的，否則早也被貼上跟班的標籤了。

校車將同學們送到科博館，目前科博館的展覽主題是古生物，有古生代石炭紀大形樹蕨化石、中生代的恐龍化石、模型等等，年輕學子們手拿學習單，努力聽取導覽人員的介紹，又在各個擬真的恐龍模型間穿梭拍照，閃光燈此起彼落。

也是巧合了，某一區的展覽主題是琥珀。琥珀來源於古代松樹，為了抵禦蟲子嚙咬，松樹會在傷口處分泌出樹脂，將侵入者包住，穿越時空的樹脂陰錯陽差的提供蟲子給後世專家學者們研究地質歷史與生物演化，這是琥珀的最大價值。

姜姜拼了命的盯著櫃中的琥珀，拉著張聿修猜測裡頭那些奇怪形狀的蟲子是什麼，有些像是蜜蜂，還有蜘蛛、螞蟻，他連連咋舌了，天啊，那些小蟲子起碼都有幾百萬年了吧，跟侏儸紀的恐龍們是朋友耶。

張聿修對姜姜說：「我父親提過，古代認為琥珀是老虎靈魂變成的寶石，所以某些古書將琥珀寫成虎魄，老虎的魂魄。琥珀能容蟲、花、草、葉，本身含有強大的禁錮力，瞧、那些蜜蜂、蜘蛛、螞蟻，說不定原身都是些凶狠的怪物。」

姜姜往掌心吐了口水搓一搓，磨拳擦掌說：「所以需要觸發任務，讓琥珀變成魔獸嘛，章魚章魚，又是威霸傲天下跟蓋世天尊出動的時刻了，上！」

張聿修又囧了，這不是網遊啊兄弟，別搞不清楚現實跟虛幻行不行？

陸離好不容易甩開一群對他好奇的女生們，跟著來到展覽櫃旁，聽到張聿修說的話，卻是留上心了，問：「什麼魔獸？威霸傲天下跟蓋世天尊又是何方神聖？」

姜姜哈哈大笑，拍拍他肩膀說：「『天穹榮耀錄』你玩不玩？跟我組隊打怪，我會罩你，我跟章魚打盡天下無敵手，有我的帶領，快速升級不是夢。」

陸離漂亮的眉頭這下皺得更深，拍在肩膀上的這隻手，如果他沒看錯的話，上頭的口水都還沒乾，天底下哪兒整來這麼一個噁蟲！

不著痕跡縮了縮肩膀，客氣的說了聲要去洗手間，陸離敗走，要用洗手間裡頭的消毒洗手液灑灑剛才被姜姜摸過的地方。

姜姜對陸離的突然跑走很是不解，問張聿修：「他怎麼了？」

張聿修想：該怎麼說呢？天兵用沾滿口水的手掌心去碰誰，誰都不待見吧。

姜姜還在碎碎唸：「跑那麼快，虧我還想給他個機會當跟班……啊啊啊，我想到了！」

想到如何讓轉學生成為跟班，好讓張聿修脫離保姆的命運嗎？這點張聿修當然樂見其成。

只見姜姜從口袋裡掏出那顆琥珀高高舉起，透著上頭的燈光瞇眼看，表情煞是認真，「章魚章魚，我這顆珠子裡頭也有東西，你看看是什麼蟲。」

思緒也太跳痛了吧同學。但張聿修早已見怪不怪了，注意力同樣被這顆琥珀珠子吸引。

他回想起把珠子送給姜姜的儒雅青年，那氣質有如春風和煦，一眼就讓人難以忘懷，可惜當時急著要離開，竟然忘了詢問姓名，也不知道對方在酆都天子殿裡掌理何種職位。

「……好像是塊小骨頭……嗯嗯、不是螞蟻也不是蜜蜂……」姜姜這時已經把珠子湊到眼前，傷腦筋的研究中。

張聿修跟著過來細看，金黃色的琥珀中央處浮著個類似小石頭的東西，看來這並非那種值錢的蟲珀，於是叮嚀：「人家送的紀念品要收好，別想著拿去賣錢。」

「喔。」姜姜敷衍的應了聲。

隨行老師招呼同學們移動到電影廳去，３Ｄ恐龍電影即將開始演映了，張聿修跟著走了幾步之後，發現姜姜還呆呆看著手中的琥珀。

「不看電影？」

姜姜心不在焉的答：「你先去。」

張聿修猜他大概想去廁所，點點頭說：「快來，不然好位子都被占去了。」

同學們都從展覽廳裡離去之後，姜姜卻是遊魂般往出口走，館外公園區裡，他刻意找著沒什麼人的阿勃勒樹區，站在滿滿的黃金色花朵下。

風很大，阿勃勒的黃金花瓣如雨落，空氣裡瀰漫刺鼻的氣味，金雨中的姜姜邪魅狂狷。琥珀還握在他手中。

風勢增強，黃金花瓣簌簌亂顫，吹得姜姜的頭髮也蓬亂，他將琥珀放口中咬，突然間周圍樹木齊都搖晃了下，腳下地塊隆隆震動，不遠處則有人喊著地震了。

姜姜悶哼一聲吐出了珠子，嘴邊滿口血，剛剛那一咬，竟然引發琥珀珠子的反震，震得他牙床及舌根處都裂了。

「……有點兒難辨……」他瞇著眼睛，對地上那顆珠子喃喃說：「但我喜歡難辨的事。」從他七竅冒出七道濃濃的紅霧，於他身前交纏扭曲，旋即融成一團血球，他的臉蒼白如雪，就好像身體裡的血全在這一刻被掏空了一般。

「血旗……燃鬚！」

血球往下裹住琥珀珠子，珠子裡殷殷鳴雷，兼有猛獸嘶吼，如同幾百顆炸彈在裡頭爆開了一樣，而姜姜表情專注，像是他與血球裡的東西息息相關，或者血球裡的，就是他的一部分。

血球逐漸縮小，最後化成一片紅氣，如匹如帛直沖上天，間或地動樹搖，焚風挾千鈞之勢沖往四面八方，虎吼也隨著焚風遠去，沾染上紅氣的阿勃勒盡數枯焦，稍遠些的木棉樹、鳳凰花則

壹．惡貓爪奪路，血旗飄揚天

枝葉全凋，彷彿冬天降臨。

地下出現直徑約一公尺的焦土，琥珀珠子已經不見了蹤影，有個巴掌大小的生物在焦土中央蠕動著，像是隻幼犬，牠嗷嗷叫了幾聲後，想朝姜姜走來，搖搖晃晃的走幾步、跌幾步，看來可憐得很。

姜姜揮手，卻是有些不耐煩，自己也轉身要離開，但他的狀況卻比小狗更慘，勉強走了幾十步後就暈倒在地，他身周殘存的紅氣凝結成了實體，飄落地上，卻是一片片火紅的楓葉。

就像是由他身上灑出的血，怵目驚心。

同時間的桃花院落裡，鍾流水陡然睜眼，瞭望遠方天空那赤紅如血的旗幟。

「是血光嗎？」嬌甜的女聲響起於他右邊的太陽穴旁，溫柔如情人的輕聲細語。

「也許是火殃。唐朝時有人曾經看過火殃獸，說火殃獸長得像是甕瓶，身上發出的紅光能照亮半邊天，只要火殃獸出現的地方，都會起大火，但……」鍾流水細細觀察天空的紅氣，說：「或者不是火殃獸，而是……」

「主人別賣關子啦，告訴奴家答案吧。」以甜到發膩的撒嬌音來求問。

「那紅氣如帛，帶有些許金屬煞氣，就像是傳說中的蚩尤旗啊。」

說到這裡，那喝了一夜酒的紅紅臉龐上滿是疑惑，一般而言，蚩尤旗指的都是蚩尤墳塚上出現的紅光，據說只要蚩尤旗出，當年必有兵燹。

也有仙人說，蚩尤旗其實是蚩尤身上的血氣，他與黃帝大戰的時候，每到酣暢淋漓，全身血氣就洶湧翻騰，汗水血液被體熱一逼，蒸騰出紅色的血霧，而他身上的煞氣又將這血霧沖往天上，形成一大片紅色的旗幟，對敵人們昭告著，他的戰意如旗幟一般飛揚，永遠不懂避縮退讓。

戰神在成就到達巔峰之前便殞落了，黃帝斬殺他的時候，甚至不敢把他身上的枷銬除去，直到首身分離，才摘下那染血的枷銬拋擲，木製的枷銬化成了楓林，楓葉就是枷銬上頭的斑斑血跡，即使死亡，戰神蚩尤的血魄依然栩栩於天地之中，無人能忽視。

「前幾天是蚩尤齒，今天又是蚩尤旗，主人你開玩笑的吧？奴家不禁嚇呀～～」

「我也怕嚇著了自己。」鍾流水一笑，「見諸魅，這幾天妳辛苦些巡視吧，若只是火殃獸還好，抓了之後丟給小霆霆，由他交給鬼事組專門處理妖獸的部門。」

鍾流水右邊太陽穴上的粉色胎記突然間剝離了出來，隨即化成一隻猙獰大蝙蝠，那蝙蝠飛繞了幾圈之後，口吐人言，「主人，奴家去也～～」

剛才跟鍾流水對話的居然就是這隻大蝙蝠。

鍾流水又發了一會兒呆，咀嚼見諸魅剛才說過的話，的確，田淵市最近是怎麼搞的，不是蚩尤齒，就是蚩尤旗，雖說他已經用自己的肉眼確定，蚩尤的魂魄還好端端被囚禁在地獄的深處，但為何他總心神不寧呢？

壹．
惡貓爪奪路，血旗鬣揚天

壓力好大啊！他決定這兩天去找找鬼事組的白霆雷，想辦法欺負人家一下，讓自己心情愉快些。

科博館裡，3D恐龍電影並未因為短暫的地震而中斷放映，但隨行老師卻被館內的工作人員叫出去，說有同學暈倒在館外小公園處，根據參觀證，暈倒的同學叫做姜姜。

張聿修觀看電影的時候，就覺得心神不寧，一直注意著入口處，以為姜姜迷路了，後來發現有工作人員來找老師，不祥的預感掠過，跟著出去聽，才知道姜姜暈倒在外頭，這下心急如焚，對天兵真的不能太放心啊，立刻跟著老師一起去找人。

陸離見張聿修匆忙離開，不動聲色也跟在後頭。

當老師和張聿修到達小公園時，姜姜還躺在地上，醫護人員正替他做簡單的檢測，他已經醒了，眼神卻還有些渙散。

沒人在意到地上為何會散落許多紅色楓葉，明明不合時節，不是嗎？十幾公尺外阿勃勒樹區的異狀更是被徹底忽視，醫護人員及老師的注意力全集中在姜姜身上。

「這孩子有貧血的毛病，昏眩則是血糖不足引起的，吃點糖果就好了。回家後，讓家長多給他準備鐵質豐富的食物，還有，早餐一定要吃。」醫護人員這麼說。

「我有吃早餐……」姜姜弱弱的說，不過這時候要是有人給他巧克力餅乾或含糖飲料，他也不在乎多吃一些啦。

張聿修很訝異，他跟姜姜當麻吉也不是一天兩天的事了，這傢伙看著身板瘦小，平時卻相當健康，怎麼突然就有了貧血的毛病？難道是早餐只吃了一個三明治，所以血糖不足了？

姜姜躺到科博館醫護室裡休息的時候，張聿修飛快去買了支巧克力甜筒冰淇淋過來。他痛定思痛，決定以後多帶一份早餐給姜姜補充營養，就當是報答鍾流水過去施給他的恩惠了。

小公園裡看熱鬧的人早都散去了，陸離卻突然出現，蹲身看著地上不合時宜的楓葉，沉思。

小公園裡沒有楓樹，此刻也不是楓葉染紅的時刻，這情況太違和了。

隔著素帕拾起一片楓葉，垂眼喊：「值日功曹何在？」

狂風大作，一彈指後風息，身披明光鎧甲、手執鐧鐧的落腮鬍武官現身，這人看來凶猛勇武，卻對陸離畢恭畢敬，躬身抱拳答：「周登聽候星君吩咐。」

「可有任何異狀？」

「不久前紅色火光沖天，恐是火殃作怪。」周登回答，他是當值功曹，又為傳令官，隨時聽候陸離命令。

「火殃獸嗎？」看看手中的楓葉，卻是不以為然，「這楓葉出現的不合時節，且隱隱有血煞氣味……且罷，拿去給他鑑定看看。」

正要讓值日功曹離開，陸離卻又想起了件事，問：「你常年行走人間，可知道『威霸傲天下』和『蓋世天尊』是何方神聖？『天穹榮耀錄』又是哪種天書？」

可難倒功曹了，唯唯諾諾說：「沒聽過這兩號人物，更別說什麼『天穹榮耀錄』，難道下界出現了新生妖魔？屬下這就去查。」

陸離點頭，等值日功曹離開後，才將楓葉小心包到素帕裡收好，緩步回到展覽館內，就好像他一直都沒離開過。

鬼事顧問、零肆。司獸者。

【第貳章】神棍遛蝙蝠，妖獸隱足跡。

白霆雷，田淵市警局裡已經不算太菜鳥的菜鳥警察，年二十三歲，長相頗帥，只是帥得不太明顯，正與愛情絕緣中，但據說他命中的桃花貴人已經現身，所以他有信心，很快一定能找到他的真命天女，共度幸福快樂的人生。

樂觀是好事，白警員。

既然提到白霆雷，就順便介紹一下他服務的單位好了。他是市警局「特殊事件調查組」的組員，這個小組非常特殊，專門處裡怪力亂神的案件，因此又稱為「鬼事調查組」，接的任務更常被其他單位當作閒聊的話題，就連組員都被冠上了「鬼事調查員」的稱號。

或者是科學昌明，許多原本怪奇的案件在稍加調查後，都能尋找到合理的解釋，因此真正會流向鬼事組的案件並不多，鬼事組員編制也少，目前僅有隊長、顧問各一名，組員兩名，白霆雷就是唯二組員之一。

今天白警員收到機車店通知，他受損嚴重的摩托車已經維修完畢，樂得他屁顛顛的一下班就去車店迎接愛車。啊、板金整得啵亮，車體線條俐落有形，他的最愛終於又回到身邊了。

為了測試車子整修過後的狀態，他特地往沿海公路去繞了一圈，這條新興道路沿著海邊堤防建築，寬敞平順，夜晚經過時，還可以看見沙灘上有大人帶著小孩放煙火，情侶雙雙對對依偎——

白霆雷含恨，沒關係，就算沒有女朋友，他還是有愛車相陪。

貳・
神棍遛蝙蝠，妖獸隱足跡

轉回市區前，他見到前頭有警車停在路邊，相熟的同事小方正在詢問穿花衣服的歐巴桑一些事情，歐巴桑歇斯底里比手畫腳，見了鬼似的。

白霆雷停好車，過去看看有沒有需要幫忙的事。

小方正低頭拿著紙筆紀錄，發現白霆雷來了，那是旱地裡的魚蝦見到水啊，感動到他都要流眼淚了。

「小霆霆來得正好，這東西歸你們鬼事組管。這位大嬸、呃、不對、是大姐喔？大姊說遇到怪物。鬼事組不是專管怪物的嗎？」

白霆雷反駁不能，他的確是鬼事組的人，立刻詢問歐巴桑看到了什麼。

「怪獸啊警察先生，比獅子老虎還大隻，要咬小狗捏，嚇死人了捏～～」歐巴桑激動撫心肝，「快抓起來啊！不然偶要打電話給水果日報、給電視台，喔喔喔偶現在就去化妝吹頭髮，上電視比較好看～～」

大嬸妳想得太遠了吧？白霆雷心中吐槽了下，繼續追問：「長什麼樣子的怪獸要吃小狗？」

「很大隻又很白，比偶還高，一直追小狗……」歐巴桑指指不遠處陰暗的路口轉角處，「小狗很可愛，被咬太口憐，偶立刻打電話報警……」

這年紀的歐巴桑眼力大都不好，所以看錯了吧，白霆雷想起上個月也接獲民眾報案，說在公園看見獅子，嚇得附近里民全準備了球棒保身，里長更組織巡邏隊搜索，最後發現那是一隻走丟了的深色藏獒。

藏獒屬於大型犬，底毛濃密且軟如羊毛，乍看之下的確像是隻獅子，本性雖然凶猛，但是在商業化的規模飼養和繁殖下，野性基因慢慢都退化了，也沒有人被攻擊，全是虛驚一場。

「大姐妳先回去吧，我會通知巡邏的員警多留意，謝謝妳的熱心報案。」

歐巴桑還不放心，起碼又叨唸了二十分鐘才離開，白霆雷吁口氣，回頭對小方抱怨：「不可以隨便就丟案件到鬼事組，這明明是大姐老花眼，把欺負小狗的大狗看成怪物了！」

小方不以為然，「上星期的夜鬼事件你忘了嗎？那些鬼也長得像狗，說不定大姐看見了夜鬼餘孽。」

「世界上哪那麼多怪物啊？哼、你沒見過真正的怪物吧？告訴你，就在群青巷裡，那裡住著全世界最小心眼最腹黑最惹人厭的怪物，就是我鬼事組的顧問！」白霆雷愈說愈悲憤，「你根本沒見識過地獄！」

沒錯，鍾流水就是他的地獄。

小方臉都變了，因為除了小霆霆外，田淵市所有的警察都知道，鬼事組顧問鍾流水有千里眼、順風耳，絕不能在暗地裡說他的壞話，要不哪天怎麼死的都不知道。

該不該提醒小霆霆留口德呢？不不不，還是算了，顧問有特定的對象可以欺負，是市警局的福氣呢。

貳・
神棍遛蝙蝠，妖獸隱足跡

白霆雷罵了一陣後，解氣了，跨上摩托車踩油門，才奔出幾公尺，路旁竄出一隻貓，也不知是被車子給嚇到了還是突然間中風，停頓在車子的行進方向前，就一動也不動了。

緊急剎車聲劃破天際，白霆雷死握煞車柄，輪下揚起一陣塵煙。

驚魂未定。好不容易塵煙散去，一看，那隻貓還好端端蹲踞在輪胎前，雙眼燁燁朝上看，像兩顆小火球。

白霆雷揮手驅趕，「去、去！」

貓咪無動於衷，白霆雷只好熄火下車去趕。一般而言貓都怕人，只要作勢恐嚇幾下，會溜的比老鼠還快，但奇怪的是這貓對白霆雷一點兒也不怕，任他威脅恫嚇婉言相勸求爺爺告奶奶，牠就是動也不動，擺明要擋路。

白霆雷忍不住蹲下來多看牠兩眼，那是一隻虎斑貓，雙眼一白一黃，耳朵大而尖銳，尾巴上有九節錢紋，額頭上的橫紋類似老虎，據說這樣的貓有虎威，貓眼裡卻帶著點邪氣，彷彿算計著什麼。

白霆雷居然在一瞬間有了「這貓會說話」的錯感，害他開始很認真要跟牠和解了。

「跟我求償?貓罐頭好不好?」

「喵嗚。」貓張嘴叫起來。

「乖。」

白霆雷正想摸摸貓頭，貓卻驚天動地喊起來，喊得白霆雷都暈了，他不知道貓叫聲分好幾種，其中最有威勢的一種就是這種貓喊，爬梁上的老鼠會掉下來，走路上的老鼠會停下來，更別說他近距離受到音波攻擊，耳朵簡直都不是自己的了。

趁著白霆雷腦袋還嗡嗡嗡的時候，貓兒突然伸長身子，踩過白霆雷頭上藉力一彈，躍上摩托車頭。

這貓居然想染指他的愛妻？是可忍孰不可忍！白霆雷起身要逮貓，貓咪咬出插在孔裡的機車鑰匙，跳開。

「鑰匙還給我！」

白霆雷跟貓急了，跳起來要逮，預測好貓兒跳躍的路線就去擋，但貓兒就是貓兒，急旋腰身，在空中來個九十度大轉彎，硬生生換了方向，讓白霆雷雙手落空。

白霆雷罵罵咧咧，繼續追貓，那貓卻像是玩迷藏，叼著鑰匙鏗啷啷往暗處竄。

「臭貓，你給我回來！」氣急敗壞。

貓兒奔到暗處又回頭，就像特意等著他來，白霆雷心覺有異，但是沒辦法，少了鑰匙他也沒辦法發動車子。

可惡，他下車時應該順手拔鑰匙收進口袋的！

貳・神棍遛蝙蝠，妖獸隱足跡

一人一貓就在入夜的路上追逐，那貓還專找沒人的地方跑，斷絕白霆雷找人幫捉的念頭，好不容易碰上了個正在散步的人，白霆雷立刻吆喝起來。

「喂喂那個誰，我是警察，把貓擋下來！」

穿藍衣的路人停步了，任著貓跑過腳邊，卻又不解的問：「你搶貓食了？」

「你他喵哪隻眼睛看見我搶貓食？我不吃貓食，我不是貓！」

那人哦呵呵掩嘴笑起來，「我懂我懂～～」

嘴裡說著我懂我懂，但表情就是一副「唉呀呀你別解釋了，搶貓食也不丟臉」的樣子。

白霆雷氣虎虎，就算曾經夢見自己變成過老虎，不代表他就是貓科動物了好不好！他是雄壯威武英俊挺拔的執法先鋒，神棍幹嘛老把自己的意圖給想擰？！

沒錯，眼前人藍衣飄飄仙氣盎然，桃花眼裡水氣盪漾，正是老被白霆雷罵成神棍的隱世仙人鍾流水。

話說華燈才初上，神棍這人不在家裡混吃等死喝酒摳腳丫子，跑來這裡溜達做什麼？由不得白霆雷心裡不疑問，而他也這麼開口問了。

「我？遛蝙蝠啊。」神棍指指他頭上盤旋著的一隻暗紅色大蝙蝠。

「這裡離群青巷十公里，遛個鬼蝙蝠啊！」

媚入心骨的女聲乍響：「霆雷君指稱奴家是鬼，奴家好傷心，嗚嗚，怨世人總拿外表作評價，不懂奴家心內高潔若雪霜~~」

白霆雷不是第一次聽見這女聲了，所以不會像第一次聽聞時嚇得小心肝兒亂亂顫，他站定罵步大聲吼：「裝神弄鬼的嚇妳爹啊！出來！」

鍾流水好失望，沒嚇到白霆雷，人生少了很多樂趣好不好。他招招手讓蝙蝠飛下來，才慢聲慢氣的解釋：「……說了遛蝙蝠就是遛蝙蝠，不相信就算了。」

的確是遛蝙蝠，沒說謊，但他遛蝙蝠的真正目的卻是尋找火殃獸，因為見諸魅在田淵市大街小巷的繞了幾天之後，今天跟他報告說，海邊有怪怪的煞氣，或者跟火殃獸有關。

所以鍾流水飛快來了，沒見著火殃獸，倒發現白霆雷在追貓，追得七竅生煙，三尸神炸，恨不得將小貓兒給生吞活剝了的模樣。

鍾流水幽幽嘆了口氣，「本是同根生，相煎何太急……同為貓族，別趕盡殺絕，玩玩就放牠走吧……」

白霆雷暴跳如雷，「喵的誰是貓族了？你才是貓族，你全家都是貓族！」

鍾流水呵呵笑，小炸毛開口說話第一個字就喊喵，還說自己不是貓族，喵喵叫的不是貓難道還會是狗？

白霆雷突然湊前去看，還問：「你臉上的胎記怎麼又不見了？你這張臉到底是不是畫的？」

他對這點疑問很久了，哪有人的臉上一下有胎記一下沒胎記的？難道鍾流水是學時下年輕人

貳．神棍遛蝙蝠，妖獸隱足跡

愛在身上貼個紋身貼紙，標新立異嗎？忍不住上前去摳那張臉。

卻被鍾流水一掌拍飛，怒罵：「搞什麼？！」

白霆雷憋著氣跑回來，他根本沒從鍾流水臉上摳出什麼。

眼睛一轉，鍾流水又質問：「你來這裡是？」

白霆雷猛然怒髮衝冠仰天怒號：「我的鑰匙！！神棍你、你、你、都是你害我追丟那隻貓！啊啊啊我的機車鑰匙被貓叼走了！有沒有天理啊？人神共憤了啊！」

鍾流水回想剛才經過腳邊的貓，的確嘴裡像是叼著什麼，原來是白霆雷的機車鑰匙啊，一想及此，他也暴跳如雷了。

「啊啊啊你的機車鑰匙被貓叼走了！有沒有天理啊？人神共憤了啊！搶你機車鑰匙是我的休閒嗜好，哪來的野貓占地盤！」

喵的老子愛車還成了你的地盤？死神棍！白霆雷咬牙切齒繼續要找貓，不跟神棍閒磕牙了！

「喵嗚～～」

又是一聲貓叫，飄飄蕩蕩，似近又遠。

白霆雷耳朵動了動，雖說天底下所有貓的叫聲都大同小異，但他卻居然能分辨出這貓聲就是搶了鑰匙的那一隻，大喜叫：「還沒走遠，快追！」

他動，鍾流水卻更早一步越過人，就聽他比手畫腳指揮頭上的蝙蝠。

跡。

「見諸魅，揪出那隻貓！」

見諸魅快速前飛，如一塊輕盈的木炭，振翅便在空氣中擦出一抹銳光，於城市的暮燈下勾出飛行的輪廓，她是暗夜的精靈，靠著嗅覺、視覺、及超音波搜尋獵物，沒有妖鬼能逃出她的循跡。

白霆雷卻不放心，啥時蝙蝠也能勝任獵犬的工作了呢？不過看鍾流水老神在在，嗯，這傢伙總是能整出些七七八八的怪玩意兒，就姑且給他個機會證明自己的能力吧。

見諸魅陡然下竄，這是她發現了獵物的訊息，緊跟在後的鍾、白兩人也加緊速度過去，路人見他們跑得迅速，本來還有幾個想跟在後面看熱鬧，卻是拍了馬也追不上，見那兩人幾下奔馳就越過路旁夜歸的汽車，可想而知那速度有多快。

白霆雷也沒注意到自己跑得比汽車還要快，看神棍跑在前頭，他就拼了命的追，笑話，他堂堂警察怎麼可以跑輸神棍？

他這裡氣喘吁吁，前頭神棍卻是行雲流水游刃有餘，跑個幾步後還會回頭喊：「追不到、你追不到～～小霆霆快來追我啊～～」

神棍就非得在大街上耍弄他嗎？猛地前躍，這一躍居然就往前跨超過十公尺，簡直是超過跳遠世界冠軍了，他卻渾然未覺，只顧著要把人給攔下來教訓，幾乎揪住鍾流水衣領的時候，後者卻突然停下來。

貳．
神棍遛蝙蝠，妖獸隱足跡

白霆雷收勢不及，咚，把個神棍撞了個狗吃屎，兩個人跌到了一塊兒。

趴街姿勢有多狼狽，鍾流水就有多怒，朝上忿罵：「還壓著我幹嘛？沒死就給我爬起來！」

白霆雷當然沒死，底下有個墊底的嘛，好難得神棍落得比自己狼狽，又被他幾十公斤的身體給壓著，明顯這回合吃癟，害警察高興起來，一面拉人起來一面還悻悻然說：「誰叫你突然停住的？被撞上也是活該……」

「我看見貓了，在那裡。」拍拍身上塵土，鍾流水往馬路對面的人行紅磚道上指了指，蝙蝠在那上頭盤旋。

貓咪盤在人行道護欄上，炯炯眼睛朝這裡看過來，喵了一聲後轉身，還故意左右搖搖高高豎起的尾巴，囂張挑釁，弄得白霆雷更火。

「抓！」

貓咪卻專往暗影處竄，馬路這頭的鍾流水覺得奇怪，這貓很有靈啊，他知道貓類天性聰隱，比一般動物還容易修練成妖，而且道行愈深，外表愈是平凡，不像狐狸隨著修行會增加尾巴數，或蛇精頭有百年肉冠來示警。

想到這裡，他忙叫住白霆雷，「等等……」

來不及了，白霆雷早就氣勢洶洶衝過馬路，鍾流水低聲罵了幾句笨蛋，也只好在後頭跟著，卻專心留意貓的一舉一動。

白霆雷跟著貓咪轉過街角，卻一下失了牠的蹤影，而地下銀光一閃，不會吧？居然是他的鑰匙！這下白霆雷仰頭扠腰得意的笑、又得意的笑、笑到下巴差點就歪掉。

「哈哈哈神棍你看看，連貓都知道我不好惹，物歸原主了。」

「嗯，這年頭連貓也懂得愛護笨蛋。」某人涼涼的說。

因為心情太好，白霆雷也懶得計較被神棍嘲諷，只是快樂的吹著口哨，幾乎要在大街上跳起舞來，但是見諸魅卻俯衝而下，停到鍾流水的肩膀上，吳儂軟語小聲呢喃。

「主人，前方有凶物蟄伏。」

「我注意到了。」

鍾流水也盯著人行道上長椅下頭，一團東西蠕動著，煞氣隱隱。

白霆雷見鍾流水動作怪異，竟是小心翼翼的靠近長椅，以為就是那隻貓，忙說：「鑰匙找回來就算了，留貓一條生路吧，別跟我說你又想吃眼珠子了，天饒你我都不饒你……」

「噓，那不是貓！」

不是貓難道是狗？白霆雷終究還是被鍾流水勾得好奇心起，挨著神棍逐步靠近長椅。

長椅下是隻髒兮兮看不出毛色的小生物，可能是狗，也可能是隻豬，或者迷你刺蝟什麼的，警覺性高，聽見了腳步聲就低吼。

那生物小歸小，吼叫時卻有尖牙外露，燈光反射出嘴裡鮮血淋漓，舌頭上是已經被撕裂咀嚼到再也認不出原樣的小老鼠，看來小生物正在享用晚餐。

嚇，白霆雷被硬生生嚇了一跳，不是因為小生物吃相難看，而是牠眼裡凶氣驚人，有野外掠食者的殘忍氣息，讓人打從心裡顫慄，甚至產生幻覺，好像下一秒鐘那隻小生物就會撲上來將他給咬死。

「什麼東西……」他喃喃問著自家的鬼事顧問。

鍾流水皺眉沉思，看不出外表的小東西，身上竟有難得一見的煞氣，真詭異——

愈想愈不放心，他於是喊：「小霆霆。」

「幹什麼？」

鍾流水用力一推，把他專屬的奴隸推到長椅前頭，「抓牠出來。」

白霆雷踉踉蹌蹌跌到小生物面前，跟牠大眼瞪小眼，然後發現一件奇怪的事。

「神棍，牠……」駭然的指指小生物頭頂，「頭上長兩隻角！」

「什麼樣的角？」鍾流水呆了一下。

「像是羚羊……」邊說邊在自己頭上比出兩隻往後豎直的角。

頭上生角的動物很多，但鍾流水看那小東西卻是怎麼看都詭異，想了想，他交代：「你退開我瞧瞧。」

白霆雷如釋重負，正要起身離開，突覺撲面一股腥風來，小生物居然更加靠近了來，還睜著猩紅的血眼瞪著他，殺氣愈盛。

「咯——」低沉吼聲在小生物的喉嚨裡迴盪，牠對白霆雷的敵意毫不掩飾，咕嚕幾下把嘴裡的老鼠肉給吞下肚，搖搖晃晃從長椅底下爬出來，卻是不偏不倚朝著白霆雷來。

白霆雷往後退了退，也不知該拿這磨人的小妖精怎麼辦，難不成抓起來鞭數十驅之別院嗎？

小生物髒髒的腳掌猛然透出銳利的爪子，煞氣直撲白霆雷，他心知不妙，立刻往旁翻滾避開，回頭看時，小生物已經撲到他原本矮著身體的地方，地磚上沙塵飛揚，卻是他的腳爪子深深扣入地磚裡頭。

人行道上的地磚想當然耳不是豆腐渣子，而是水泥及石子製成的，小東西的爪子居然輕鬆就撓進裡頭，難道那爪子比金剛鑽還硬嗎？媽呀這東西肯定又是怪物，憑白霆雷過去與蛇妖、骷髏交手過的經驗，想也不想就得出如此結論。

小生物失了手，一轉身又朝白霆雷撲去，突然破空一聲響，綠色的鞭子從旁劈來，小生物機靈的低身趴伏，堪堪避過了鞭頭。

這鞭子是鍾流水的常備武器，以蘆葦編就的繩子，自古以來就有剋鬼制凶的效果，小生物對之有些害怕，不敢正面交戰，改採取低襲姿態，對象卻非揮鞭的鍾流水，牠的仇恨還在白霆雷身上。

白霆雷依舊為難，對方若是全世界最凶惡的歹徒，他打上十幾二十拳也不會心軟，但這麼樣

貳・
神棍遛蝙蝠，妖獸隱足跡

一隻小東西，體形比貓還小，一拳就讓牠粉身碎骨了，他幹不出這種事。

「你給我退下！」鍾流水鞭隨聲到，他看出這小生物不尋常，偏偏白霆雷還一副輕敵的樣子，氣死他了，鞭子不禁比剛才更加狠厲。

翩若驚鴻婉若龍，一條鞭子掄得那小生物左支右絀，跳哪兒鞭子就追到哪兒，騰挪跳躍的躲，竟還是一步一步要朝白霆雷逼近。

鍾流水察覺出這異樣，卻想不出原因，腦中念頭飛快轉，猛然間對白霆雷大叫：「別動！」

「嗄？？」愣住了，白霆雷搞不懂，神棍一下子讓他要退下，一下子又讓他不動，當他召之即來呼之即去嗎？這小怪物要咬上自己了神棍你說逃不逃？

就這麼兩、三秒鐘的遲疑，小生物已經凌空撲來，正中鍾流水下懷，他讓白霆雷不動，就是要讓他當餌，好吸引住小生物的注意力，預測出牠下一步的動向。

立掄一圈蓄力，鞭出電光石火，鞭尾繞住了小生物。

「吼哦哦哦哦——」

這小生物慌張了，動作開始失序，低嘴猛咬葦索，鍾流水可不給牠機會，收索，但小傢伙力氣比想像中還大，一個扯一個拉，竟成了對峙之勢。

「過來幫忙啊笨蛋！」鍾流水忙呼喚一邊還呆愣著的警察。

白霆雷如夢初醒，他知道神棍力氣很大，卻沒想到小生物也不簡單，可以的話他還真想倒戈到敵陣，他太想看到神棍吃癟了，可惜他還有理智，知道該選擇哪方站，於是抱緊了神棍的腰往後拉，兩人一獸展開了拔河戰。

小生物畢竟小，力道有限，很快就要敵不住了，牠突然間狂吼一聲，聲動雲霄，任誰聽了那種叫喊都會懷疑，這麼一個小不隆咚的生物是如何叫出那樣響遏行雲的呼喊。

或者是某種怨恨刺激著，讓牠小小的身軀爆發出驚人的能量，嘴裡的銳牙及腳掌上的爪子竟同時急速暴長，反射出金屬的冷光，這變化後的爪牙銳利非常，葦索被輕輕一碰就斷裂了，拔河的兩人立即往後跌去。

風水輪流轉，這回由白霆雷當了肉墊，背部撞上人行道磚而受到的痛楚不說，鍾流水那幾十公斤的身體也壓得他幾乎要把五臟六腑都給吐出來了。

「啊啊……神棍你給我起來……不起來？你一定是報復剛才被我壓著了！」肯定的，因為地球上所有人都知道，鍾流水最愛記仇了。

「鉤爪鋸牙！」鍾流水卻是臉色變了，「牠難道是……」

「什麼？」

鍾流水一跳起身，隨手從頭髮裡抓了幾根桃枝出來，虎視眈眈那隻變化過的小妖獸，如臨大敵。能夠擁有鉤爪鋸牙的妖獸不多，十根手指頭數得出來，雖然不確定這小生物是哪種妖獸，但可以肯定的是，一旦牠長為成獸，就會變得棘手。

白霆雷扶著腰爬起身，一見鍾流水的態勢，忙說：「你想殺了牠？不用吧，牠只是隻小動物，活捉送到警政署妖獸鑑識中心去……」

他口中說的妖獸鑑識中心，是警政署特殊事件調查科裡的一個單位，專責處理會造成民眾恐慌的怪奇動物，那些動物很多都是上古時代記載過的妖獸，既然是妖獸，就有善有惡，善良的妖獸將會受到保護，送回到杳無人煙的原棲息地去，對人類有危險性的妖獸則豢養在特殊的建築物裡，不讓出來作怪。

小生物雖然殺氣騰騰，但畢竟還小，成不了氣候，白霆雷因此求情。

「牠不能留，必須殺！」鍾流水陡然說。

鬼氣迸現，殺意盎然，鍾流水瞬間也換了個刁惡嘴臉，手中桃枝凌厲如風雷，儘往小妖獸身上的要害射去，小妖獸嗷嗚一聲虎跳上去，躲過大部分桃枝，肩胛上卻還是中了一枝，被那射勢帶得往旁橫翻，在地上滑滾了好幾步距離。

除惡要務盡，鍾流水大踏步急追，真是狠了心要殺。

受了傷的小妖獸不敢戀戰，強忍傷痛連跑帶滾往外逃，牠身子小，學暗夜的老鼠於陰影中奔馳，鍾流水忙仰頭撮口呼哨，飛在上頭的見諸魅意會了，跟著追蹤過去。

鍾流水自己追了幾條街之後，還是將小妖獸給追丟了，他悵然若失，如今只能將希望寄託在見諸魅的身上。

白霆雷跟了上來，發現鍾流水呆滯的模樣，忍不住說：「牠眼珠子那麼小，塞你牙縫都不夠，還是放了牠吧。」

「……你知道牠是什麼嗎？」

「新品種的狗吧。」

「牠可能、或者……不、不該……」

「是什麼神棍你他喵的快說啊，別學娘們吞吞吐吐！」白霆雷最恨說話不乾脆或是愛搞神祕的人了。

鍾流水白他一眼，又是些許的憂心上眉頭。

「我懷疑是……饕餮。」

沒錯，饕餮，上古四大凶獸之一。

鬼事顧問、零肆。司獸者。

【第參章】白澤承虎魄，貪狼化陸離。

饕餮，傳說中貪食的惡獸，古代宗廟祭器大多會刻上牠的頭形為裝飾，有首無身，凶惡貪婪，好吃人，與檮杌、窮奇、混沌並稱為四大凶獸。

對於饕餮這物種的來源，自古以來就有很多種傳說，指貪得無厭的人，或是牛身人面的吃人獸，但是鍾流水卻是這樣告訴白霆雷的。

「四千五百年前，黃帝率領熊、羆、狼、豹等氏族與蚩尤對抗，蚩尤手執變化多端的兵器，隨行八十一位族兄弟們銅頭鐵頸、雙角崢嶸，讓戰事初期的黃帝處於頹勢。天庭忌憚蚩尤天生的凶悖魂體，不喜他稱霸天下，於是派下九天玄女幫助黃帝，終於在涿鹿擒殺蚩尤，成為天下共主。」

「這我聽過，黃帝是聖人，蚩尤是妖魔，自古邪不勝正。」白霆雷點頭。

「為什麼蚩尤是妖魔？」鍾流水反問。

白霆雷猛遭反問，一下子間竟有些懵，歷史教科書中讀過類似的歷史，提到黃帝是德行兼備的聖人，會與聖人為敵的，不是妖魔又是什麼？

「那個、都說蚩尤頭上長角，長的還是牛角，不都是妖魔？比如說牛魔王，還有西方的惡魔等等，也都長牛角……」

一個栗暴當頭敲來，鍾流水罵：「長牛角的都是妖魔，水牛、黃牛不都是魔了？」

白霆雷恍然大悟，「對喔，你頭上沒長角，卻比妖魔還妖魔，我到現在才想通這點，不可以

參・白澤承虎魄，貪狼化陸離

貌取人……啊啊啊神棍你幹什麼！」

「……唉呀我這桃枝怎麼刺你手上去了？」

白霆雷：死神棍爛神棍臭神棍金玉其外敗絮其中的神棍！！

收回桃枝，鍾流水卻又輕聲嘆氣，說：「當初勝利的若是蚩尤，歷史將往另一種方向行進，世間相貌或許不同於如今所見，更好、或是更壞……」

或者他與小妹仍在度碩山上無憂無慮，白澤在山野之中奔放，那些曾經傷透人心的死別，都不過是黃粱夢一場。

白霆雷沒聽出他話語裡的傷感，一面呼呼手背上的小傷口，一面說：「成者為王、敗者為寇，對吧。」

「卻不公平。當年黃帝僅靠三戰便擊敗炎帝，五十二戰平定天下，卻是經歷七十一次苦戰也無法攻克蚩尤，蚩尤的實力可想而知，黃帝卻得天助贏得戰爭，在蚩尤心裡會有多怨懟？一代梟雄的他會甘心就死？」

「的確會不甘心，但是再怎麼不甘心，他還是死了。」白霆雷說。

「你聽過不化骨嗎？人死後埋到土裡，身軀化為塵土，卻會有一塊骨頭不化，就是不化骨，是一個人生前精神貫注的地方……」

「你是說佛法高僧死後，燒出類似舍利子的那種東西嗎？」

「對，黃帝以軒轅劍砍下蚩尤的頭顱，得到一枚不化骨，就是蚩尤齒，秉承了兵主戰神的特性，成為天底下最厲害的武器。黃帝害怕蚩尤齒被蚩尤餘黨奪去，所以命令蠶神獻上歐絲封印住，沒多久蚩尤齒失蹤了，卻原來被封在玉琮之中。」

想起那枚蚩尤齒在姜姜手中變化自若且防不勝防的鋒銳模樣，鍾流水仍舊心生寒意。

「啊，就是上回葉鈞家裡起出的古物！」

白霆雷也想起來了。

不久前，有個名叫葉鈞的古物商人請鍾流水到他家裡去，因為他女兒葉晴卡了陰，需要高人來化解，調查之後，發現原因出在葉鈞所擁有的一件玉器上頭，鍾流水施法之後，卻意外釋放了封印在裡頭的蚩尤齒，最後卻被個騎馬的無頭騎士給搶走了。

「典籍記載過好幾隻饕餮出現的經過，其中一隻饕餮是這麼來的：黃帝斬蚩尤，蚩尤的頭顱承載天下至怨，化成能吞噬萬物的饕餮，為害天下，黃帝命令虎神白澤領獸圍捕，卻死傷慘重，最後白澤那個笨蛋竟然釋放自己的魂魄，凝成琥珀，將饕餮強行封印……」

娓娓述說著一段傳說般的往事，鍾流水的臉上盡是緬懷，白澤是他於度碩山上豢養良久的神獸，守鬼門關的神荼鬱壘常常從山下捉來一些為非作歹的惡鬼餵食牠，雖是獸，但是對長年獨居山上的桃仙而言，失去了如友伴一般的寵獸，像是生命中的風景出現了一塊朦朧不清的區塊。

白霆雷卻是被觸發了什麼，問：「我曾經以白澤的身分去過你的識海……我真是白澤的轉世？」

「對啊，你是白澤，又不是白澤。」

「是就是，不是就不是，你話說清楚些會死喔！？」

「生物有三魂七魄，死後魂飛魄散，你的魄封印饕餮去了，三魂則轉生成現在的你，你體內目前擁有的魄，是由三魂分來的，若要成為真正的白澤，必須虎魄回歸。」

白霆雷呆了呆，問：「那個、虎魄回來，我就變成超人了？」

這也算是另類的舉一反三吧，鍾流水也不知道該欣慰還是該嘲諷，最後問：「你希望成為真正的白澤？」

「照你的說法，虎魄回來，不就表示饕餮要重臨世間？不了，讓怪物繼續被封印就好。」白霆雷突然問：「不對啊，神棍，饕餮既然被封印了，剛剛那隻小妖獸又怎麼來的？」

鍾流水皺眉，「我還不確定牠是不是饕餮……短短期間內，田淵市裡出現了蚩尤齒，前幾天又有疑似蚩尤旗的紅氣沖天，這其中有沒有關連？」

「有關連你就想辦法解決啊，別忘了你還領鬼事組的顧問費，該負的責任就該負。」白霆雷就是看不慣神棍一天到晚無所事事的躺樹下喝酒，浪費生命浪費青春。

「我是顧問，意思是出一張嘴就好，負責出勞力的是你們。容我提醒一下，剛才那隻妖獸雖然吃老鼠，但我估計是因為牠還未成形，只能捕食些小動物，一旦長大，會帶來何種災殃我就不清楚了。」

白霆雷一凜，「還會更大？」

鍾流水白他一眼，「這不是廢話嘛，我可不會樂觀到以為那妖獸天生是個迷你種。」

「那也不是不可能。」

「你趕緊跟老孫報告這事，該怎麼辦就怎麼辦。」鍾流水一甩手，似乎這樣交代之後，他也把自己的責任給撇清了。

「沒錯，我立刻跟孫隊長報告這事情！」

幹勁滿滿的白霆雷往回跑，邊跑邊撥電話給鬼事組負責人孫召堂，等他報告完來龍去脈之後，人也走到摩托車旁了，催動油門後正要加油往前衝，後座一沉。

「神棍你幹嘛跟著我？你不是遛蝙蝠散步嗎？哪裡遛來哪裡遛回去，我跟你不順路！」

鍾流水挪挪屁股順好了位子，悠悠說：「腳痠了，送我回去。」

「我沒這義務！」

「嘿、你是白澤，去問問九天上帝、三靈五老天君、三十二天帝、五斗星君、功曹使者跟城隍土地，誰都知道白澤就是我的坐騎。」

白霆雷嘰咕：他喵的你才是白澤你全家都是白澤……

無奈的往群青巷桃花院落騎去，不遠處腥風揚起，一團模糊的魅影靜悄悄窺視。

參．白澤承虎魄，貪狼化陸離

就算前一晚上有警察被貓耍了，有神棍跟小怪物戰了，第二天早上的桃花院落裡，盡責的公雞小玉還是準時晨起咯咯叫，把太陽自東方的扶桑神木喚醒，開始了一天的行程。

小玉很忙碌，除了喊太陽工作，督促愛賴床的小主人姜姜也是牠每天的例行工作，所以牠跳上姜姜的床，咯咯咯，小主人趴著熟睡中，不知道上學快遲到了嗎？

「小玉……小玉……」打呼還流口水，「……小玉我最愛你了……」

小玉好開心，小主人說夢話喊自己的名字，還說愛牠呢～～哎唷不行啦，人跟雞不能相戀，更別說牠還是隻公雞。

「小玉……下蛋給我吃……荷包蛋、白煮蛋……番茄炒蛋……」

我是公雞不是母雞，就算再進化個一百萬年，也下不出蛋！！

雞喙子猛往姜姜屁股去，我啄、我啄、我啄啄啄——

就算臉皮屁股皮跟鐵板一樣厚，姜姜也禁不起小玉那幾下，他哇啦哇啦從床上跳起來，揉著屁股叫：「臭小玉幹嘛啄我屁股？今天體育課要做地板運動，你害死我啦！」

是小主人你先對我不仁，所以別怪我對你不義咯咯咯～～

拜小玉的霹靂手段，姜姜小朋友可終於清醒了，揹了書包，隨手又從碗櫥裡拿了麵包啃，衝出房子，也沒吵酒醉在樹下的舅舅，卻在推開竹籬笆門的時候被喊住。

「等等。」鍾流水居然睜開了眼睛。

「幹什麼啊舅舅？」姜姜停步問，睜著一雙跟舅舅如出一轍的桃花眼。

伸伸懶腰，從躺了一夜的逍遙椅中起身，鍾流水把外甥喚到眼前，說：「田淵市裡不太安定，牛鬼蛇神全出沒了，給你弄個護身符保險些。」

「喔。」姜姜也沒再多問，他從六歲起就跟著舅舅生活，舅舅既然特別交代，肯定有需要。

鍾流水咬破自己手指頭，紅血溢出，桃花清香溢滿於晨靄，他是千萬年的桃花樹精，又經過修練而成仙，花香葉清與生俱來，以含有去惡除邪的清香來書寫符文，符文的效果起碼可以加乘個好幾倍。

抓起外甥右手，於掌心書符七遍，唸咒七遍，「天門厭鬼門，猛獸自外棄，急急如律令！」再改左手掌心，書符唸咒七遍，咒曰：「日月星光，輝爍萬里，一切凶惡不得妄起！」

姜姜笑得花枝亂顫，癢嘛，鍾流水卻是神色凝重，這一套完整的「制虎狼毒物咒」原是一種入山咒，為了因應古代旅客的需求而創制出來的，遠行之客常苦於必須經過虎狼出沒、盜賊橫行之處，行唸此咒能辟不同的猛獸，像是猛虎、蛇龍之類。

書符完畢，鍾流水秀色的臉上泌出一層細細汗水，他過去也在白霆雷身上施用過半套的「制虎狼毒物咒」，抵禦千年蛇妖游刃有餘，但他還摸不清昨晚小妖獸的底細，由不得他不謹慎，因此在符咒裡添加更大量的精神力，就算碰上的是仙獸，也討不了好去。

參·白澤承虎魄，貪狼化陸離

「去上學吧。」他說。

姜姜看看手，血色符文已經竄入掌心消失不見了。

這時感覺上頭有影旋繞，抬頭一看，啊，見諸魅搖搖晃晃的飛下來，停在鍾流水肩膀上。

「找到了嗎？」鍾流水低聲問。

「好會躲啊，還將氣息隱藏起來，奴家飛遍整個市區都沒看到……」

「辛苦妳了，睡會覺。」鍾流水溫柔叮嚀。

暗紅大蝙蝠嚶嚀一聲，由鍾流水脖子爬上他右邊臉頰上的太陽穴，體形變小變扁，最後貼上去，看起來就是一塊服服貼貼的粉紅色胎記。

鍾流水躺回逍遙椅裡，遙望天空，也不知想著什麼。

姜姜揹著書包衝出群青巷，跟巷口土地公廟裡的阿七道了聲早安，看看手錶，唉呀快遲到了，跑快一點、再跑快一點、今天路上怎麼沒碰上章魚呢？搭個便車他也就不會累腳了呀……

才剛轉出巷口，咚！姜姜往後跌了個狗吃屎，可憐他的屁股唷，早上遭雞啄，現在還撞上了地球，痛得他齜牙咧嘴。

揉揉屁股睜眼瞧，就說嘛，平日走慣的路上怎麼突然多出一堵牆呢，原來不是牆，而是個人，還是個熟人。

「你是陸離！」姜姜指著他大叫。

高傲清冷，還有種說不出的成熟世故，的確就是陸離。陸離還沒開口，他身邊跟著的一隻鐵灰色大狼犬卻猛然對著姜姜吼叫狺狺，直把他當仇人似的，姜姜也顧不得屁股疼了，往後一跳擺出詠春拳起手式嚴陣以待。

「來啊來啊，我跟小玉打架從來沒輸過，就讓你瞧瞧我『威霸傲天下』的厲害！」

那狼犬可能覺得這瘦小的傢伙太囂張了，非給點教訓不可，狼頭伏低齒爪流亮，燁燁眼裡嚴陣以待，看準了對方的脖子，準備一撲而上。

姜姜會怕就不是姜姜了，他是天兵，捅紕漏是常態，犯白目是天性，永遠少一條神經，所謂長了兩條腿的公害，走出門外什麼都不怕，還會吟唱法師的滅魂咒語。

「我是天空裡的一片雲，偶爾投映在你的狗眼裡，你不必訝異更無須生氣，我會在轉瞬間消滅你的狗影——」

狼犬往前衝咬，姜姜神色自若要拿手中的法杖來打，卻忘記這裡是現實世界，並非網遊裡，哪來的法杖啊？一愣，狼犬已經撲面而來，動作詭譎迅速，而這鐵灰色狼犬身上有幾塊紅色花斑，讓牠行動時看來像是被火雲簇擁，把姜姜眼睛都給眩得睜不開來，忙抬手遮眼。

這一遮，剛好狼吻也到，就在手口相碰時光芒迸發，莫名的大風襲捲狼犬，牠朝後摔跌出去，痛得發出嗚喔嗚喔的慘叫。

參・
白澤承虎魄，貪狼化陸離

姜姜同樣踉蹌了一下，晃了晃就穩住身體，抬頭發現大狼犬的慘樣，哇哈哈指著牠大笑。

「我『威霸傲天下』已經轉職成戰鬥法師，你小小的魔獸才不是我的對手呢，下次躲遠些唷～～」

區區一隻狗，當然聽不懂姜姜口裡的網遊術語，只知道自己吃了虧，忍著痛再往姜姜一步步逼近。

「星韜，退開。」陸離開口了。

那大狼狗頗為聽話，退到陸離身後，卻仍舊怒目注視對方。

「啊，陸離，你家的狗好凶喔。你剛剛沒被我撞受傷吧？你媽有教你走路的時候要看路對吧？下次小心些。」

陸離輕哼，明明是姜姜被他給撞飛，怎麼說得好像自己吃了虧？有輕微潔癖的他最討厭被人碰了，他現在只想回去換過一身衣服再上學。

姜姜看了看四周，確認這裡是群青巷外頭，而陸離手提書包出現此地，唯一的可能性是……

「你住這裡！」

「對。」

「嘿嘿我們是鄰居耶，以後我就不用走遠路到章魚家抄功課，找你就好了……你家有電腦有Wii有3D立體電視有冷氣機吧？」

「沒有。」陸離完全沒聽過什麼電腦，腦子就腦子，通電不就死了嗎？

「那我還是去章魚家好了。」姜姜終於明瞭到章魚的地位有多重要。他又看了看手錶，提醒：「再八分鐘就遲到了，快走！」

陸離擺手暗示他先走，姜姜也沒等他，自顧自往外衝，沒幾步路碰上騎腳踏車的張聿修，歡呼一聲跳上後座，慘叫一聲又跳下來。

「唉唷！」

張聿修回頭奇怪的問：「怎麼了？」

姜姜紅著眼睛揉屁股，「早上小玉啄我屁股啦，剛剛又被陸離撞到地上，痛！」

張聿修一瞥，遠遠那人的身影很熟悉，原來是同學。

姜姜齜牙咧嘴的爬上後座，說：「章魚章魚，你今天很慢捏。」

張聿修苦笑一下，從包裡掏出個三明治往後遞，上次姜姜低血糖暈倒可讓他心生警惕了，為了心安，還是把姜姜餵飽些才保險。

姜姜邊啃三明治邊說：「陸離就住在這裡耶，怎麼我以前沒見過他？」

然後他有些哀憫，陸離同學為什麼還站在原地動也不動？不知道稻穆高中對遲到同學的懲罰是在校門口罰站到上課嗎？

陸離同學當然不知道學校有這規定，他只是站在原處，聽後頭有穩重的腳步聲，不回頭也知道是誰。

「……桃花仙的外甥有不可告人的祕密，口口聲聲『威霸傲天下』，逆天之意明顯。」他悻悻說：「連值日功曹都查不出『威霸傲天下』、『蓋世天尊』、『天穹榮耀錄』是什麼東西，有上奏天庭的必要。」

後面人苦笑，那是位粗獷豪邁的建築工人，威儀卻勝似將軍，手裡一柄十字鎬寒光閃閃架肩膀上，他就是阿七，表面上是群青巷口小土地廟裡的廟祝，真正的身分則是本區土地爺，附近大小事都歸他管。

對於陸離的疑問，阿七解釋：「那不過是時下年輕人在網路遊戲裡取的暱稱，『天穹榮耀錄』就是遊戲的名稱，跟逆天無關。」

陸離頗為懷疑，「網路遊戲是什麼鬼東西？」

阿七嘆氣了，他貶遷到人間來已經好多年了，人間資訊與時俱進，身為土地爺的他自然大小事情都涉獵一二，給這位空降長官教育析疑的責任捨他其誰？待會就去3C電子街買些電子產品回來吧，實地操作比較好解釋。

可憐的是他存了好幾年的辛苦俸祿就這麼沒了，而他一個小小土地公，又怎好讓上司出手拿錢呢？

「你先去學校吧，回來後我再解釋給你聽。」

陸離點點頭，又摸摸自家星軺的頭，見牠身上焦了好幾塊，心疼不已。天上每個星君都養有星軺一隻，供出巡之用，而這頭星軺自小就受他豢養，是巫山天犬與孟山白狼混種的後代，行動時疾如風，行經天空時常被誤認為流星，這樣的好坐騎竟被姜姜弄傷，想來就氣。

「你說桃花仙沒傳授那小子仙法？剛剛那一手退虎狼之術連我的星軺都被震退，加上那一副天不怕地不怕的模樣，大概耍弄人來的吧。」

阿七再度苦笑，心思複雜的人果然總會弄擰他人的意思，這十年來他幾乎是看著姜姜長大的，姜姜這人蠢得很，搞不了心機，玩不來狡詐，想什麼就做什麼，沒什麼耍弄不耍弄的。

當然，這是指正常狀態的姜姜而言，阿七既然看著姜姜長大，當然知道這小孩偶爾會鬧鬧凶，或者不定期的轉化成凶神惡煞……

凶悖魂體，本就不能以常理判之，這是阿七上呈奏摺時，裡頭寫過的兩句話。

「你似乎在心裡笑話我？」陸離覺得阿七的笑很礙眼，一看就知道有話想說，卻掖著沒說出來。

「不敢。」阿七忙說，「我一個小小土地，怎敢對星君不敬？」

「哼，知道就好。」陸離點點頭，又問：「你對那片楓葉有何看法？」

「我比對了天下所有的楓屬，可以確認，那是南方楚地之楓，但是楚地離這裡遙遠，這楓葉不該出現在這裡，怕有蹊蹺。」

「南方楚地不就是……」陸離想到了什麼，「蚩尤下血咒的地方。」

「對，他以血在桎梏上書寫咒符，詛咒上天，咒怨化成血旗，警告天庭他將復出，就是……」

「蚩尤旗。」兩人異口同聲說了出來，接著對望一眼，憂心忡忡。

「這個蹊蹺還有深查的必要。」陸離說完卻又鼻頭一皺，湊到他身前動了動鼻子，問：「又抽菸？臭死了。」

「正在戒。」

阿七都無奈了，從前日子過得好好，怎麼抽都沒人管他，結果白霆雷老跟他耳提面命抽菸的壞處，還送他棒棒糖；現在又來個囉哩囉嗦的貪狼星，偷抽了半根菸都會被嫌棄。

陸離揉了揉鼻子退開，又說：「你本為七殺星君，卻淪落成一方土地，本就該更加謹言慎行。容曾是同僚的我提醒，監視桃仙與他外甥是你唯一戴罪立功的機會，若我猜得不錯，姜姜與蚩尤族裔有莫大的淵源，只要查出真相，就是你翻身的機會。」

「是。」阿七回答。

陸離轉身離去，楓葉的來源讓他心緒起了大波折，讓他都忘了回去換衣服的打算。

阿七卻是三度苦笑，笑到眉間的川紋更為深刻。

若真能有回天庭重拾榮耀的機會，他願意把握嗎？天庭、人間，哪一處不是規範重重，壓得人動輒得咎？

倒羨慕起桃仙來了，千古是非心，都在濁醪妙理裡，賢的是他人，愚的是自己，什麼都不用爭。

半個小時後，陸離繃著一張臉進入教室，第一節上課鐘聲剛響完。

姜姜等他坐下後，說：「忘了跟你講，遲到會被訓導主任抓到校門口罰站，學我一樣早點出門，就不會被人笑了，章魚你說是不是？」

被點名的張聿修也不知該說是或者不是。同學你有資格說人家嗎？要不是我天天去群青巷裡接你，本學期罰站大王的稱號一定非你莫屬啊天兵。

陸離的臉罩上厚厚重重的烏雲，他貴為天皇大帝與紫微大帝之弟，為北斗七星君之一，天之驕子說的就是他，沒想到卻被區區一位長相猥褻的訓導主任攔在門口，不但要他罰站，還口沫橫飛說教十分鐘，什麼自我管理要做好啊、四維八德要遵守啊、晚上別熬夜殺怪啊、珍惜父母的愛心啊巴拉巴拉……

被說教就算了，當是來人間歷練一回也罷，但壞就壞在他天生一副美不勝收的容貌，他被罰站的事一傳開，三分鐘內全校一半的女生都來了，看見美少年被主任教訓，女同學在一旁對主任

參．白澤承虎魄，貪狼化陸離

噓聲連連，弄得星君臉皮也綠了，恨不得天上趕緊來個天打五雷轟，結束這場鬧劇。

好不容易回到了教室，還得被姜姜冷嘲熱諷一番，他容易嗎他？要不是為了這傻子，他會紆尊降貴的來人間受欺辱？

這筆帳就暫時記上了。

等英文老師進入教室，讓他的恨意更深了，他堂堂貪狼星君是九宮之魁首，在天為萬靈之主宰，在地為百脈之權衡，學那蠻夷語言做什麼？課本裡他一個字都看不懂啊！！！

待會兒就早退回家，讓阿七幫他做功課去，哼！

一天的課程終於結束了，我們的天兵姜姜再度巴上了可憐的張聿修同學，習慣性讓他載回家。

等候張聿修從車棚處牽車出來時，姜姜發現腳邊怪怪的，有隻小狗挨著他的腳磨蹭。

「不可以在我腳邊尿尿喔，我不是電線桿。」姜姜噓牠。

小狗搖頭晃腦汪汪叫，繞著他轉圈，轉得他都樂了，嘿，這小狗黑黑圓圓的眼珠子很可愛，好像會說話，脖子上沒狗牌，難道沒主人？

「跟我要東西吃？糟糕，我沒有耶……章魚章魚，你身上有沒有狗食？」

張聿修牽著腳踏車走來，囧著臉說：「誰會帶狗食來上學？」

「也對哦，可是這隻狗好像餓了。」

張聿修見小狗毛色光亮，眼睛有神，身上有肉，看來不像是沒吃飽的樣子。

「可能是附近哪戶人家養的小狗跑出來玩吧，你別帶走，怕主人著急。」他說。

「喔。」

姜姜跳上腳踏車後座，車動，小狗居然跟著追了來，邊追邊對著姜姜嗷嗷叫，依依不捨的樣子，姜姜都不忍心了，跳下車來抱起小狗，害張聿修只能跟著停下，看天兵跟小狗對望。

那狗還真的很有靈，紅紅的小舌頭猛往他臉上舔，姜姜癢得咯咯笑，把狗放下來，乾脆就在路邊玩起遊戲，一下你追我、一下我追你，張聿修無聊的在一旁拿起教科書來看。

然後姜姜繼續抱著小狗到張聿修面前，桃花眼變成了星星眼，「章魚章魚，這狗好可愛，我要帶回家養。」

「你已經有了小玉，再多隻狗，就會雞飛狗跳。」張聿修勸退。

「小玉不會下蛋，我不要牠了。」

「狗也不會下蛋。」張聿修說。

唉唷姜姜苦惱了，但很快轉悲為喜，「狗可以拿來當成儲備糧食，等哪天舅舅失業，沒錢買飯，我就吃了牠。」

小狗掙扎著要從姜姜懷裡逃出來，牠眼睛裡充滿了恐懼，好像聽得懂人話呀。

張聿修卻還繼續勸：「雞也可以當儲備糧食，不一定要狗，再說，鍾先生可能不會同意你養狗。」

「也對，那，章魚，你幫我養。」

張聿修臉上掛黑線，「為什麼？」

「紀念我們的友情啊。」

不需要靠隻狗來紀念這段孽緣吧天兵?!

張聿修搖搖頭，嚴正拒絕，「我父親不會允許，再說，不能確定這狗是不是有人養了，你不能任意說想養就養。」

姜姜很難得的有些悲傷，但章魚說得也有道理，不能隨便路上撿隻狗就養，再說家裡的經濟有限，負擔不起每天的狗食開銷。

「走吧。」張聿修又勸了，這種事情是眼不見為淨，只要小狗不在眼前，以姜姜簡單的頭腦而言，相信很快就會把這隻狗給拋在腦後。

「那，我抱回家直接問舅舅好了，舅舅說不行，我就不養。」最後姜姜說。

「也好。」張聿修吁了一口氣，問題推給鍾流水之後，基本上就不是問題了。

天總有不從人願的時候，當土地廟遠遠在望，兩人就要轉進群青巷，小狗突然大動作從姜姜懷裡跳開，一下子不見了蹤影。

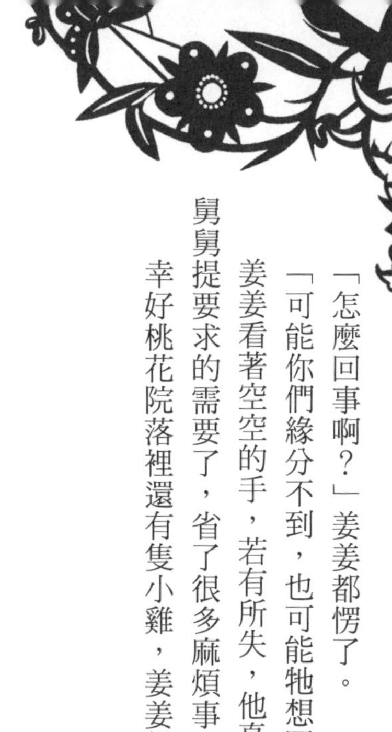

「怎麼回事啊？」姜姜都愣了。

「可能你們緣分不到，也可能牠想回自己的家。」張聿修安慰起人來了。

姜姜看著空空的手，若有所失，他真的很喜歡那條小狗呢。不過小狗既然走了，也就沒有跟舅舅提要求的需要了，省了很多麻煩事。

幸好桃花院落裡還有隻小雞，姜姜從來都不孤單。

鬼事顧問、零肆。司獸者。

【第肆章】無常追犯命，嬌娥釋燕靈。

遇見小妖獸的那一晚，白霆雷回到市警局鬼事組辦公室裡，照孫召堂的指示，先以口頭報告特殊事件調查科，關於田淵市出現妖獸的事，接著又發了份文件過去，這才稍事休息。

鬼事組的辦公室不大，目前隊長跟另一名組員譚綺綠在家中，他占了隊長靠窗的大辦公椅舒服坐下，面朝窗外，看著田淵市輝煌的夜景。

不期然的想起了數個月前，初出警校的他，腦子裡想的盡是打擊犯罪殲滅壞人之類，或者能成為特種警察，到前線從事最艱難最危險的任務，實現他自小的夢想……

「嘖、結果卻來到了個怪裡怪氣的鬼事調查組！」他啐罵一句。

其實他也曾追問過隊長孫召堂，跟他同期受訓完畢的那一批菜鳥警察中，有許多都對鬼神之說深信不疑，其中一個甚至當過乩童，為什麼最後只有他被分派到所謂的鬼事調查組？

孫召堂的回答是這樣的：天將降大任於斯人也，必先苦其心志，勞其筋骨，餓其體膚，空乏其身，行拂亂其所為，所以動心忍性，增益其所不能……

「別拿這套唬我！」白霆雷不吃長官這一套。

「其實是我這裡的業務量愈來愈大，跟上級要援手，總部科長說發現了個好人才，天生陰陽眼，看在我的面子上撥過來。」孫召堂說。

「奇怪了，連我都不知道自己有陰陽眼，總部又是怎麼知道的？」

「總部裡很多神人，誰知道他們是如何發掘人才呢？總之啊小霆霆，面對它，接受它，處理它，放下它～～」

反正白霆雷已經接受自己有陰陽眼的事實了，也知道擁有陰陽眼的人能見鬼、見妖、不想見的東西都能見到，但他還是很不服氣。

「難道我只有陰陽眼一項長處？」

「當然不是。上頭人說小霆霆你是那個、呃、四陽鼎鼎命，鬼見了都怕，運氣也旺，能替特殊事件調查科帶來福氣，所以非你不可。」

白霆雷被長官的這段話給雷到了，難道他存在的價值，就只是為了旺族旺家旺夫旺鬼事調查組嗎？！

孫召堂瞇著眼睛笑得像尊彌勒佛，語重心長又說：「上頭人重視你，所以派你來磨練，過幾天總部會有人下來視察，你好好幹，我以你為榮。」

白霆雷記得自己聽到這裡，心下著實他喵的亂感動了一把，卻聽長官繼續說：「……我升不升官都靠你了，你一定要努力工作，讓長官我光榮退休啊～～」

把他的感動都還來！他再也不要相信同僚之間的愛了！

長官還沒說完呢，「流水也說自從你來了之後，他到哪裡都不需要勞動兩條腿，你對他很重要，要我千萬別調你走。看在他的面子上，我一定會向上級爭取，讓你在這裡幹到死為止。」

幾千隻草泥馬在白霆雷心中呼嘯而過，他就是那失根的蘭花，斷翅的蝴蝶，他的心在風中凌亂似魔似幻啊草泥馬們你們看到了沒？

哀傷……

電話鈴聲把白霆雷從滿臉寬麵條淚的回憶中解救出來，他接聽，居然是總部科長打來的電話，年輕女性咬字清脆音質穩定，白霆雷這才想起，聽說總部科長是位強悍的女性。

最令他訝異的是，他才剛發報告過去不到半小時，科長就親自打電話來，可見總部相當重視這事件。

「你是白霆雷？」對方問。

「是，科長。」

「我看過報告了，貴組顧問認為那妖獸是饕餮？話可不能亂說，饕餮絕跡已久，他怎麼能確定那就是饕餮？是不是想譁眾取寵？」

話裡充滿了濃濃的不信任，甚至責難。

要在平常，白霆雷聽到有人詆毀鍾流水，肯定會高興的站在同一邊陪著詆毀，但這位科長說話咄咄逼人，讓他反感得很。

因為有了同仇敵愾的心理，白霆雷也不炸毛，把問題推開了去，答：「科長，報告裡我寫得清清楚楚，將顧問的話一字不漏轉呈，他只有懷疑，沒說那就是饕餮，若是不放心，妳可以派專員來調查。」

電話那頭沉默了幾秒鐘，然後她說：「嗯，就這麼辦。」

熟悉的嗡嗡聲連續響起，對方掛斷了電話。

白霆雷一肚子氣，什麼態度嘛這科長！科長了不起喔，十年後等我當上了警政署長，我講話一定比妳囂張個十倍！

回家的路上他很不放心地又繞了街道幾圈，想找找小妖獸的蹤跡，但夜晚畢竟容易產生視覺死角，讓搜尋困難，看來還是明天跟隊長商議一下，讓警局裡多派些人手，加強本市的巡邏好了。

肆・無常追犯命，嫦娥釋燕靈

第二天早上，白霆雷到地下室停車場牽摩托車，頭疼啊，車子坐墊上被三隻花貓給盤據了。

「哪來的野貓呢？走開！」他揮手趕，那些貓立刻跳開，卻在他後頭走來走去，每個都睜著圓圓的大眼盯著他瞧。

白霆雷一看坐墊上，白白的貓掌印十幾枚重疊在上頭，像是一瓣瓣的花朵，可惜這景緻看在笨警察眼裡，就一個字，髒，只好拿出手帕來仔仔細細擦掉了，這才騎車出停車場。

一出停車場，更奇怪，他所居住的市區平日看不到多少野狗野貓，今天卻不知道怎麼搞的，停車場外小圍欄上十幾隻野貓，或坐或臥或跳或跑，白貓黑貓花貓獅貓短尾貓全聚集一塊，其中幾隻的脖子上還掛著名牌，肯定是有人養的，白霆雷甚至認出裡頭有五樓住戶王媽媽最心愛的波斯貓。

他一出現，那些貓全停下了動作，一個個盯著他瞧。

白霆雷下意識的放鬆油門，他突然覺得自己像是個出巡的國王，受著這些貓兒的擁戴與歡呼。

見鬼了。

好多貓兒朝他叫起來，狀甚可愛，害警察心情好起來，他一輩子從沒如此受歡迎過，然後他緊急停下車來。

「嘿、你、就是你！」往其中一隻貓指過去，「別以為我沒認出你，老實招出來，昨晚為什麼搶我的鑰匙？」

被指名的虎斑貓兒有一雙顏色各異的眼睛，類似藪貓的尖尖大耳朵，尾巴上九節金錢紋，如此明顯的特徵，要白霆雷忘了牠也難。

「喵～～」這貓兒發現被認出來了，轉身就跑。

白霆雷跳下車要追，沒想到其他貓兒們也不知是想幫那隻貓，還是純粹好玩，竟團團將他的腳給圍住，害他一時間動彈不得。

「抱歉、那個、讓讓啊……」白霆雷不得已，軟言相求起來。

「喵嗚、喵嗚～～」貓兒們向上仰望這人類高個子，全是一副「來陪我們玩啊喵～」的表情。

沒辦法了，他只能想辦法抬腳跨出這貓拒馬，那些貓卻有志一同要追他，他急中生智指著牠們喊：「不許動！」

貓兒們僵住，居然聽從了他的命令。

不會吧？白霆雷這下真是丈二金剛摸不著頭腦了，到底是貓兒們聽得懂人話，還是他居然說出了貓語？

總而言之，白霆雷就在詭譎變幻的心情裡，帶著沉重又不解的心情進入了附近一家超商裡，回來後懷抱一包乾貓糧，而那些貓居然還乖乖等在那裡，貓瞳緊盯著貓糧包裝袋，嘴角淌下滴滴答答的口水。

抓一把貓糧往外頭人行道上灑，貓兒們早已經忘了白霆雷這個人，翻身躍離，車道上一下子靜空，貓兒全跑去搶貓食了，白霆雷趁這機會發動車子，頭也不回的上班去。

他沒發現到，那隻虎斑貓又跟在他身後，賊忒兮兮，也不知打著什麼主意。

辦公室裡，身材微胖的中年禿頭長官孫召堂正坐在辦公椅裡翻資料，綁一頭馬尾，清秀大方的譚綺綠則忙著打電話聯絡事項，氣氛緊張得很，有山雨欲來風滿樓的態勢。

孫召堂抓著他所剩不多的頭髮，滿臉苦惱，一見到白霆雷進來，那就像是見到了救星。

「小霆霆啊，你現在就往桃花院落去請流水過來，上頭今天會派人下來，想親自聽聽顧問的說法。」

「昨晚的事？」白霆雷猜。

「當然，不然你以為是什麼？」

沒想到昨晚科長還真不是隨口說說而已，真要派人來查小妖獸的底了，不過……

「神棍說了，他只負責出一張嘴，應該不會來。」白霆雷也很無奈。

「他不過是傲嬌了，怎麼辦呢？」孫召堂頭上所剩無幾的頭髮就要全軍覆沒了。

譚綺綠這時冷靜插口：「隊長，記不記得三年前你藏了個殺手鐧？」

「我有嗎？」隊長無辜問。

「在你置物櫃裡。你說哪天想誘拐鍾先生出門相親，有那東西就搞定了。」譚綺綠提醒。

孫召堂額手稱慶啊，拿出一把鑰匙丟給白霆雷，「你到我置物櫃裡，最下層有個木頭盒子拿上來，對對對，有了那樣東西，不怕流水不來。」

白霆雷瞭了，盒子裡肯定有能夠左右神棍意志的把柄，長官不愧是老狐狸，早留了這一手，不怕任性的顧問不就範。

白霆雷從置物櫃裡頭挖出了個很舊很舊的紅漆木頭盒子，長方形的盒子讓人聯想起棺材來，白霆雷不禁猜想，裡頭說不定是個草人，只要拿針啊箭啊刺進去，草人及被代表的真人都會噴血，當場一命嗚呼……
得想個方法把這草人偷走，這樣以後神棍就再也欺負不了自己了哇哈哈～～
等孫召堂打開紅漆盒子之後，白霆雷這才終於瞭解到自己多傻多天真，不能小覷孫召堂跟鍾流水這對哥倆好。
孫召堂喜孜孜的說：「養兵千日用在一朝，我真是太佩服自己的真知灼見了。小霆霆，跟流水說我這裡有瓶紫菊華酒，問他來不來，不來我就開了自己喝。」
就連白霆雷都知道，以酒為餌，要釣出神棍那隻酒鬼是易如反掌。
算了，那就往桃花院落去。

肆．無常追犯命，嫦娥釋燕靈

依舊把車停在土地公廟外，車放這裡比放在桃花院落外更令他安心，因為公雞小玉有一次在他車子上拉屎，氣得他當場就想斬雞頭發毒誓，再也不踏進桃花院落了。
沒看見阿七，大概出門去了，他衝往桃花院落去，神棍站在青瓦屋頂上朝外瞭望，微風徐徐，藍色長袍飄飄若水，一小酒葫蘆掛腰間，仙姿綽約一如既往。
少了平日的蠻橫刁鑽，白霆雷乍以為他看到的是一位謫仙人，一旁陪伴著的桃花也是旖旎嫣然，彷彿溫柔的火焰，給單調的城市烙下繽紛的豔彩。
或者是曾經在夢中見過那位小妹的仙姿，如今看這桃樹，竟有了另一種風情，白霆雷焦躁如焚的心情，竟在瞬間都被洗滌，他甚至有些瞭解，為什麼鍾流水日復一日、夜復一夜的勤守在這棵樹下，戀棧這溫柔的情緒……

桃花院落，一座桃源仙境。

「發什麼呆呀？」青瓦之上，主人慵懶朝下問。

白霆雷正沉浸在某種傷春悲秋的情懷裡，聽到問了，看那人竟有些恍惚，他好像回到了夢境裡那座度碩山上，山上桃樹枝葉葳蕤，廣袤千里……

咚！額頭劇痛，把他從詩般的畫意裡給驚醒的，是一隻超市必賣的藍白拖。

「襲警！」他舉起拖鞋朝上指罵。

「我見你神遊天外，好心拉你回塵世，真是狗咬呂洞賓，不識好人心。」

警察更氣了，神棍這不說他白霆雷是狗嗎？然後鍾流水跳下來，搶回拖鞋穿上，問他來什麼事。

「隊長要你往警局走一趟，說上頭有人來，問你那小妖獸的事。」

「想請教人就自己來，幹嘛讓我出門？我不想動。」

早料到有這回答，白霆雷不慌不忙說：「隊長準備了什麼、呃、紫菊花酒給你當諮詢費……」

鍾流水眼瞳擴張，水水桃花眼成了神奇寶貝臉上的兩個紅色電氣袋，瞬間蓄滿電力，發出十萬伏特的閃光。

「宮廷名釀紫菊華？」

「好像就是這個名兒。」白霆雷胡亂應。

「就是那個根據宮廷御酒坊的祕方，以背明國之紫菊、人參杞子沉香熟地蒸煉釀製，『含乾坤之純和，體芬芳之淑氣』，能輔體延年的紫菊華酒？」

白霆雷頭都昏了，什麼是「含前棍之蠢合，體芬芳之俗氣」？但他還是點點頭，反正能完成長官的交代就行了。

鍾流水舔了舔嘴，游移不決，想不起是幾百年前的事了，他入皇宮偷了罈紫菊華，酒水晶透香氣高雅，入喉甜潤柔和，一口回香留連忘返，後來聽說有良醞署轄下的酒匠後人將配方傳出，老孫是打聽到哪家酒坊做出了這酒？

白霆雷猜測他心裡或許正在天人交戰，但根據他對這位無良酒鬼的瞭解，考慮的時間肯定不會太久。

半分鐘後，鍾流水嘆了一口氣，說：「不，我不喝酒了。」

「你你你、剛剛的話再說一遍！」

鍾流水白他一眼，「我說我不喝酒了，你是哪隻耳朵有問題？」

白霆雷掏掏左邊的耳朵，沒耳屎，又掏掏右邊的耳朵，同樣通暢乾淨，這聽覺沒問題。

震驚之下，立刻大踏步往前揪著鍾流水耳朵，又扯扯他頭髮，這傢伙不是鍾流水這傢伙不是鍾流水這傢伙不是鍾流水（以下心中十次回音），這人肯定是披著人皮大衣的外星人，真正的鍾流水早被綁架到十萬呎高空上的幽浮裡解剖去了。

鍾流水被扯得痛死啦，再度抓起藍白拖往白霆雷頭上招呼，邊拍邊罵：「不要命了你是不是？放手，給我到一旁乖乖蹲著，沒喊你不准給我站起來！」

神棍教訓人的功力真不是蓋的，拖鞋在他手裡那是出神入化，左攻右扣反手拉，整得白霆雷哀哀叫。

「別打了、別打了……我蹲、我蹲就是了……」真的躲到一旁去蹲著，看見公雞小玉躲在花叢中對他咯咯譏笑，他突然省悟，怒氣沖沖站起來，「我幹嘛蹲？我又不是你那隻白澤！」

鍾流水同樣一愣，然後說：「……你是就好了。」

你是就好了，可惜你還不完全。

現場氣氛一下子尷尬，白霆雷看到神棍那難得憂鬱的表情，自己也火不起來了，為了轉移情緒，他大聲問：「為什麼不喝酒了？」

「見諸魅昨晚尋妖獸尋了一夜也沒看到，我開天眼也沒見到哪處氣場怪異，大概是妖獸形跡尚小，煞氣不明顯，所以我打算施用圓光術來尋牠。」

「好，現在就施用。」

「笨蛋，現在就能施用，我剛剛的惆悵無奈落寞都是假的嗎？」鍾流水恨恨怨艾，「圓光術在查找人或物的訊息最快最方便，但是施用前必須齋戒沐浴禁酒禁色，心誠意正，圓光術方能顯出十分效果……可惡，我幹嘛對那妖獸在意啊！」

神棍你根本就是愛上那隻小妖獸了吧，白霆雷想。

電話鈴聲響起，白霆雷掏出手機看，孫召堂打來的，立刻接聽。

「小霆霆你帶流水上哪兒去了？上頭人到了啊，她臉色好難看，我搞不定！」孫召堂聽來氣極敗壞。

「神棍不想去。」白霆雷照實回答。

「他不喝酒了嗎？」

「他說不喝了。」

「那不是流水而是妖怪，快逃！」

瞧，聽到某人不喝酒，孫召堂的反應跟白霆雷如出一轍，所以大家別怪剛才白霆雷的反彈如此大，全宇宙的外星人都知道，不喝酒的鍾流水不是鍾流水，是從遙遠宇宙前來地球搶奪毀滅武器的蟲族外星人！

掛斷電話後，白霆雷做了個艱難的決定，一跳過去揪緊神棍衣袖，大喝：「跟我走！」

「發神經啊，不走！」鍾流水抗拒。

「你現在使不出圓圓術，閒著也是閒著，跟我去見長官！」

「我情願躺這裡睡覺，誰有空見什麼鬼長官？顧問費加倍我還考慮考慮。」

拉拉扯扯拉拉扯扯，鍾流水不動如山，白霆雷不屈不撓，形成了勢均力敵的拉鋸戰，就連小玉也跑來湊熱鬧，找到空隙就去啄笨警察的腿毛，唉呀桃花院落好生熱鬧。

市警局鬼事組辦公室裡，由總署來的科長冷峻看著孫召堂掛上電話，凌厲的眸光將她的不滿全表露出來。

「顧問的架子挺大的。」

「對、他架子大、不對，流水他是性情中人，脾氣比較怪。」孫召堂猛擦額頭上的汗，科長的氣勢比自己家裡的婆娘還強，瞪一眼就讓他差一點兒屁滾尿流。

「很好、很好、更讓我有興趣了，鍾流水……」科長點點頭，「值得一見。」

「是，值得一見。」孫召堂附和，心中則開始禱告，流水啊，就算你有通天徹地之能，但是，女夜叉惡羅剎惹不得啊。

「哈啾！」鍾流水打了個大噴嚏，誰在想念他？

白霆雷跳開抹臉大罵：「怎麼往我臉上打噴嚏？有沒有衛生啊你！」

肆．
無常追犯命，嫦娥釋燕靈

「你不抓著我，噴嚏會往你臉上去？」鍾流水揉揉鼻子。

白霆雷再度虎撲，鍾流水左閃右躲，哦呵呵笑著，來追我啊笨蛋，追不到追不到，反應力這麼差，怎麼能當警察啊？院子就這麼丁點大，你用點腦筋啊……都玩了半小時還不膩喔？抓人是要看天分的～～

白霆雷氣死，鍾流水這人看著懶散，卻比泥鰍還滑，時不時還會施展輕功跳上房，吼、有這麼好的功夫怎麼不去參加奧運，賺個幾千萬獎金回來揮霍！？

鍾流水還真是玩得不亦樂乎，唉呀呀，雖然已經不是白澤，小霆霆還是能給他帶來調教寵物的樂趣，打發時間真是好用啊，繼續玩……

突然間公雞小玉發出急促的短啼，咯咯咯、咯咯咯、咯咯咯，一飛飛上屋頂。

鍾流水不跑了，挑眉低笑：「……有趣的來了。」

「什麼有趣的？」白霆雷第一反應是神棍要翻花樣玩，更加嚴陣以待。

鍾流水跳回到他身邊，說：「待會別妄動，乖乖在我身後就好。」

叫我乖乖我就乖乖嗎？我還沒抓你回去覆命呢！張牙舞爪繼續撲人——

突然身後熱氣襲來，鍾流水抓了他的腰往後拉，有隻火紅色的鳥飛來，牠噫一聲高叫，張口有七七四十九道橘紅色火焰，直朝桃花院落的兩人噴來。

當先的竹籬笆門首先遭殃，被高溫的火焰燒成一道炫麗的火門，高溫也讓院裡的花花草草一下子都枯萎，就連招牌桃樹也受到了影響，靠近火鳥的部分枝條都乾焦了。

鍾流水最恨有人傷了他的桃樹，就連說壞話也不成，立刻兩手在空中甩了個輕巧的圓，喝：「花雨漫天！」

千朵桃花自地下暴起，柔軟的粉色花瓣脆弱如水，卻是觸火即燃，朵朵桃花成了點點的火球，消耗了火球的能量，很快火球縮小成火苗星子，鍾流水又撮口吹出帶有桃香的清風，把飄盪在院子裡的灰燼與熱氣驅散。

「哪來的鳥？」白霆雷驚詫不已，問。

「不請自來的，通常都不是好鳥。」

「神棍是你吧，你又惹毛了哪方的牛鬼蛇神？」

「我惹過很多，但是這鳥卻不尋常，長喙疏翼圓尾，似鳳若朱雀，還會噴火……」鍾流水譏笑：「五方神鳥之中，南方焦明鳥能噴火，但我看牠很沒有禮貌，沒一點兒神鳥的樣子，妳這主人是怎麼教導牠的？」

奚落的眼光越過那鳥，落在後面那位身穿ＯＬ優雅短套裝的女人身上。

這女子看來只有二十多歲，美艷靚麗，長長的黑髮隨意挽了在頭後，英姿颯爽，散發出獨特的魅力，而拜她一雙修長美腿之故，明明是一件普通的西裝裙，穿在她身上就跟性感的迷你裙差不多，豐滿挺俏的胸部於低胸的粉領衣裡，呈現出完美的事業線，這樣的女人只需隨便一站，就能將所有人的視線給轉移過來。

白霆雷探頭出來看，眼睛霎時直了，哪裡來這麼一位強勢又性感的美女？

女子面對鍾流水的挑釁，沒回話，只是微笑，她那微笑裡有種軟媚的風情，讓人怎樣都激不起敵意。

然後她緩緩舉起手，細嫩白皙的手指，上頭有相當華麗的水晶指甲美容彩繪，看來是位不需要做家事及粗重勞動的女人。

「燕奴，去！」

兩道五色彩影從她袖子竄出，卻聽哨音呼嘯，彩影瞬間化為雙燕飛騰，直朝鍾流水而去。鍾流水連退兩步，知道這絕非普通燕子，葦索立刻出手，握鞭掄轉穿花度柳，以眼睛追不及的速度分往兩燕劈襲而去。

兩隻燕子比翼雙飛，鞭來時各自朝外分散，鞭擊落空，燕子轉翅，抓住回鞭的空檔，鍾流水躲避不及，唰啦兩聲，燕翼劃過他的衣袖，同時帶出兩道割痕。

燕子一擊竟功，繞了彎兒在他頭上一個交會，又自他頰邊掠過。

女子突然噗嗤笑出來，像是跟人調笑著，卻很有種看輕人的意味，她似乎覺得鍾流水雖然樣貌特殊，似仙若鬼，實力卻也不過爾爾。

鍾流水也跟著笑了，兩頰跟著沁出血痕，剛剛燕翼不僅傷了他的衣袖，也在他秀白的臉頰上留下兩道直豎的傷痕，直如美玉染了瑕，但他一點兒也不以為意，嘴角微勾如沐春風。

旁觀的白霆雷倒是冒起滿身的雞皮疙瘩，根據他過往的悲慘經驗，神棍愈是笑得無害，愈表示他深深的被惹毛了，待會肯定會用盡手段來報復，就算對方是個美女也一樣。

為免殃及池魚，他最好躲遠些。

我退、我退、我退退退——

「給我回來。」鍾流水問：「……小霆霆，你知道何種妖獸最愛吃燕子？」

「不知道。」

「是蜃，蛟龍的一種，喜歡棲息在海岸、或是大河的河口處。為了捕捉最愛在樓閣之下結巢的燕子，所以幻化出海市蜃樓，把燕子騙到自己嘴巴裡……」

神棍你這時候跟我說海市蜃樓的典故，有何種深刻又偉大的涵義嗎？

白霆雷還沒問出口，就見鍾流水從隨身小酒葫蘆裡拿出一支白色蠟燭點燃，燭芯底部不斷冒出杳杳白煙。

鍾流水盯著那搖晃的燭火解釋：「……熬出蜃的脂肪做成蠟燭，點燃後，也能製作出海市蜃樓，迷惑人的效力僅次於當年蚩尤為了困住黃帝，唸化出的雲霧幻陣……」

白煙一下將桃花院落給吞沒，包括鍾流水、白霆雷、燕子、焦明鳥，以及那位來歷不明的美女，那煙霧除了屏障視覺之外，更帶有怪異的腥甜氣味，那是肉類焚燒後的特殊香氣。

肆．
無常追犯命，嫦娥釋燕靈

白霆雷的視覺整個被遮蔽了，神棍的聲音明明近在咫尺，煙起前兩人之間的距離也不到一臂之遠，但此刻他擁有的能見度卻低於此，就像是被密度高的白霧緊緊包圍著，前不見古人、後不見來者，讓他有些心慌。

「神棍、神棍你在哪裡？」忍不住喊起人來。

模糊的影子貼近來，直到兩人幾乎鼻子碰到鼻子了，才終於將彼此都看清楚，確認對方是誰。

「噓！」神棍笑吟吟，「跟我手牽手做好朋友，才不會走失，要不然你會像燕子一樣，被蜃給吃掉喔～～」

喵的警察老是被壞人恐嚇，還有沒有天理啊！

牽手就牽手，誰怕誰！

鬼事顧問、零肆。司獸者。

【第伍章】屭龍逐煙霧，神獸戰鬼兵。

女子叫做姬水月，發現自己在一個彈指之間就被濃濃的白霧包圍，心下倒有些瞭然，她來桃花院落之前，早知道鍾流水身負異能，但大抵也就是些畫符唸咒的技能，如今的濃霧應該是某種障眼法，要破解也並非難事。

破霧，非火不可，她摸摸肩膀上的紅鳥，說：「朱明，噴火清理煙霧迷陣。」

紅鳥高鳴張嘴，四十九道火焰呈扇形往外燃燒，瞬間將姬水月前頭的霧給消滅，能見度往前展開了幾公尺。

姬水月很滿意，正如鍾流水先前說的，這火鳥是五方神鳥中，南方焦明神鳥的後代，古書記載說：「四方中央皆有大鳥，其出，眾鳥皆從，小大毛色類鳳凰。」位居南方的神鳥就是焦明，全身總赤，能噴火。

火焰散去，她微微變臉，原以為南方至陽之火一出，就能破除煙霧迷陣，卻沒想到煙霧雖然消散一些，眼前卻又多出一座座的亭臺樓閣，牆體、門板、窗櫺無一不具，高大巍峨而穩固。

「朱明，飛上去看看。」

她知道迷陣的功能主要都在於混淆陣中人的視聽，以為自己是一直線的往前走，結果卻是不停的在原處繞著圈子，由上空突陣而出或許是個辦法。

朱明拍翅上衝，紅色的緋影迅速被一團霧籠罩，很快她聽到一聲哀鳴，接著淡淡的紅影飛墜下來，她忙將之接住，擔心的檢查著朱明，發現除了羽毛凌亂之外，並無大礙。

伍．蜃龍逐煙霧，神獸戰鬼兵

「衝不上去？」她很懷疑。

紅鳥吐出一連串低鳴，外行人聽了，會以為牠發出的不過是節奏或快或慢的關關鳥語，但聽在訓練有素的姬水月耳裡，卻是實用性極強的資訊。

「有龍獸攻擊？」姬水月沉吟，「難道是蜃？」

她知道蜃是一種相當麻煩的生物，因為她是方相氏後裔。方相氏是黃帝與嫫母的後代子孫，黃帝親命嫫母為方相氏，因其容貌能令鬼物心生畏怖，之後方相氏開始於王宮中驅邪避凶，統領十二神獸，驅鬼、吃鬼、逐鬼，之後王朝崩落，方相氏子孫散居各地，卻依舊從事類似的工作。方相氏後裔都有「司獸」、「相獸」的能力，子孫也會豢養專屬於自己的神獸，朱明就是姬水月的神獸。

她來找鍾流水，是因為對此人有莫大的好奇心。

困在霧裡，前頭是若隱若現的屋頂閣樓，仔細瞧的話，還可以看見附屬小院前的垂花門上，有雕花柱頭倒垂，她又看見兩道彩影在柱頭下穿梭，興奮不已，正是她的燕奴。

若這真是海市蜃樓，燕奴有危險了。

「燕奴，回來。」她喊，這看來討喜卻極具攻擊性的燕奴可是她花了好長時間才練成的兵器，不能栽在這裡。

燕子沒聽到主人的叫喚，依舊繞梁迴轉，婉轉圓潤的燕啼在霧中隱隱約約，漸漸的，連彩影也逐漸淡去，成了灰灰糊糊的兩小團影子。

「燕奴！」

又喊了幾聲，卻再也沒聽到燕聲婉轉，姬水月看看四周，蜃霧……

根據姬家蒐藏的古本《相異錄》，蜃來源於蛇與雉雞交配後所生出的蛋，這蛋本會孵化出普通的雉雞，但若是因緣巧合，被天雷劈擊，蛋會深入地底成為石蛇，經過兩、三百年的孕育之後，石蛇破土而出，石殼崩落，就能成為蜃龍。

所以蜃龍難得一遇，正如海市蜃樓一般，常讓人以為不過是幻影一抹，稍縱即逝。

身為司獸相獸之人，姬水月對蜃龍起了莫大的野心，於是抬腳往前，朱明卻緊張的伸吭。

「你怕蜃？」姬水月的膽識非同一般人，說：「不入虎穴，焉得虎子。」

她往那建築走去，後頭隱隱有長物拖行滑動的聲音，猛一回頭卻什麼東西也看不到，除了霧，還是霧，但只要她繼續移步，沙沙的拖行聲又起，獸類近襲的危險感甚至讓朱明的羽毛根根朝上豎起。

姬水月可不是怕事的人，喝道：「朱明！」

朱明整個身子大了一圈，金黃色的鳥瞳就像是熾燒的火焰，牠鳴叫徹天，像是挑釁躲在暗處的龍獸。

突然間一顆怪頭由霧中冒出，爪如蛟，角如鹿，不同於龍的是，牠脖上有一叢紅色鬃毛，移動時揚飛若旌旗，大張的嘴裡鋸牙舒張，煙霧徐徐吐出，一遇空氣就凝固起來，一幢幢樓屋繼續生成。

姬水月知道那就是蜃，退步嚴陣以待，蜃龍再度張口，但這次噴出的卻不是煙霧，而是幾根羽毛。

這表示兩隻燕奴已經成為了牠的盤中飧！姬水月大怒，站定後唸咒除厲。

「煌火馳而星流，逐赤疫於四裔，凌天地，凡使十二神追惡凶！」

咒畢，姬水月長髮飄飄，整身放出金光，金光裡她執戈揚盾，十二隻驅邪神獸圍繞，牠們是甲作、胇胃、雄伯、騰簡、攬諸、伯奇、強梁、祖明、委隨、錯斷、窮奇、騰根，揚威耀武逞勢而來，將蜃龍團團圍住。

蜃龍揚鬣哮吼，與十二隻神獸纏鬥起來，這裡強梁神獸尾掃千花，那裡祖明赤焰逞怒威，胇胃張口猛利齒，窮奇哮吼拼命追，蜃龍以寡擊眾很是吃力，處處捉襟見肘，沒辦法，只能再度大張口舌，滾滾煙霧盤出，要靠這霧替自己造出一道牆，擋住十二神獸。

姬水月根本不打算給牠這機會，自己辛苦養的兩隻燕奴玲瓏可愛，就這樣被吃，她可忍不下這口氣，再度唸咒驅動十二隻神獸。

「……赫汝軀，拉汝幹，節解汝肉，抽汝肺腸。汝不急去，後者為糧！」

這咒文裡滿滿的恫嚇，若是蜃龍不退不逃，那麼神獸們必定將牠剖腹剜心分屍食盡。

蜃龍擺尾扭身，只想甩掉咬著牠鱗片不放的猛獸，要知道這十二神獸在上古時代都是各據一方的妖怪，本質既凶殘又猛烈，吃人傷禾不計其數，直到被擔任方相官職的姬家收服之後，才有了神獸的尊稱，蜃龍根本不是牠們合擊的對手。

「……唉呀呀，她是方相氏的後代……」就在龍與獸鬥爭的更後方，有人咕咕唧唧，「十二神獸名不虛傳，我的蜃龍快被咬死了……」

「方相氏是什麼？」另有警察呆呆的問。

「馴獸師。」藍衣人回答：「但我認為，黑道頭頭的稱謂更適合他們。」

姬水月聽到了，也不忤，秋波一轉，道：「別裝神弄鬼，出來吧。」

藍色身影如夢似幻，隱在雲霧杳冥之中，卻是一點火星燃起，黃紙黑字符燃起，鍾流水祭出一道五營靈符，調請天兵天將前來相助，制服神獸。

「……五營兵馬點兵將，兵先發，馬先催，槌陰辟邪斬妖孽，神兵火急急如律令！」

火星轟一下燒盡符咒，霧氣上方金甲交鳴，馬嘶聲混著人語喝斥，一團團黑影衝破迷霧下降，竟是騎馬戴甲的天兵天將，鍾流水一旁慵懶的指揮著。

「教訓那些妖孽。」

兵將齊聲發喊，氣勢浩然殺將過去，十二隻神獸雖然勇猛，但這時也同樣嚐到跟蜃龍同樣的遭遇，就聽人聲鼓譟，將神獸的咆哮怒吼給淹沒在馬蹄的踐踏聲裡。

伍・
蜃龍逐煙霧，神獸戰鬼兵

姬水月冷冷看著她的十二神獸哀鳴慘嚎，竟不做任何表示，彷彿神獸與她毫無關係，卻只是摸摸肩膀上的朱明，說：「放火。」

朱明一張口，噴出七七四十九道無羽火箭，螺旋交錯束成一根火柱，橫掃那些天兵天將，火浪混著奔殺聲，卻是燃起了更大的火焰，但更可怕的是，姬水月竟連她麾下十二神獸也不放過，任朱明燒灼一切也不阻止。

幾個彈指間，火熄，滴滴答答的聲音不斷，像是雨點拍著屋簷，一顆顆焦黑的豆子落在地下，轉瞬間被地上流竄的霧氣給淹沒，紙灰飄浮空中，有些紙並未燒透，從殘餘的部分可以看出那都是些紙剪的鳥、虎、牛、癩蛤麻等等。

「原來不是真正的天兵天將，而是灑豆成鬼兵，我差一點兒就被你騙了。」姬水月巧笑倩兮，就好像她剛剛不過是跟鍾流水玩著一場無傷大雅的遊戲。

「妳的十二神獸也全是障眼法，唉，方相氏看來後繼無人呢，放個小姑娘往我桃花院落撒野，難道記恨從前我搶了妳家的光彩？」

姬水月聽到他說「記恨從前我搶了妳家的光彩」，心下一動，某個荒謬的念頭稍縱即逝，不過鍾流水譏笑說方相氏後繼無人，這可誣衊了她整個家族，若是不給這人一個教訓，無以出氣。

「……你家桃花挺美的。」蔥白手指輕彈，「朱明，殺了蜃龍之後，讓我瞧瞧花朵浴火的風姿。」

鍾流水聽出姬水月竟然打算火焚桃樹，雖然表面如常，瞬間握緊的手已經洩露出他憤怒的情緒，白霆雷就覺腕部一緊，痛得他差點兒哭天喊地叫媽媽，神棍我不想跟你當好朋友了行不行？放開我的手手手手手～～

白霆雷開始為姬水月哀憫了，不知道神棍有多寶貝他家桃花樹嗎？當初他也不過是對樹講了幾句無心的壞話，結果被神棍拿掃把整院子追打，看來，天要亡這美女。

救與不救間，警察千萬難……

朱明得到主人命令，立刻去追蜃龍，蜃龍剛被十二神獸整得慘，天兵天將一出，牠才終於能喘口氣，隨即隱身要入樓閣裡去，但因為牠身軀太長，尾巴還沒躲好呢，在圍牆外一蹦一蹦的，朱明見到了，朝尾巴吐出一圈火，把蜃龍給燒得唉唉叫，加快了逃竄的速度，一下子不見了影子。

朱明跟著追過去，姬水月突然覺得不妙，這樣的濃霧裡要是跟朱明分開，對她而言不是好事。

「朱明回來！」

紅影子很快被重重樓屋給吞噬了去，姬水月轉頭一看，就連鍾流水及白霆雷也已經霧化，她陷入一片白茫茫的霧影，腳邊繼續冒出一幢幢的磚牆，像積木一樣堆疊、聚合。

冷靜。剛才那些天兵天將證明了鍾流水不過是一個略通符咒丹鼎之術的痞子，現在她懷疑海

伍．
蜃龍逐煙霧，神獸戰鬼兵

市蜃樓也是障眼法。她扶牆前行，心下卻不樂觀，這牆雖是霧所凝成，觸感卻堅硬如石，她宛如被困在迷宮之中，怎麼走都走不出去。

猛然間她汗毛直豎，這危險逼近的感覺是怎麼來的？不及多想就從腰後取出一把槍，確認那聲音是從斜後方傳來的，立即轉身戒備，蜃龍的頭顱一下放大在眼前，竟是打算偷襲。

「砰！」一槍響，蜃龍的額頭硬生生中了一槍，槍子穿透龍麟，沒入白霧裡，蜃龍隨即消失。

緊繃的情緒還沒來得及鬆弛下來，背後卻又陰風陣陣，她迅速轉身，白霧裡有黑影幢幢，千軍萬馬朝她衝過來，她想避開已經來不及，只能雙臂護頭蹲下，就覺得身上被一桶一桶的冰水澆過，凍得她直打哆嗦，鬼哭神號不斷，弄得她暈頭轉向，她的身體好像被幾百萬把刀子給分解了，一塊塊都被那些霧給吞噬。

就算是馬嘶聲已經遠去，某種奇特的聲音卻又代之而起，一群蜜蜂在身旁拍著翅，嗡嗡之音鋪天蓋地，她明明是閉眼蹲在地上，卻又以為自己被浪潮衝到黑洞裡，一種無法控制的恐懼感自心底升起，她從小到大，從沒如此恐懼過。

她開始誤以為自己死了，黑洞就是通往地獄的道路，她曾經以為面對死亡時能夠很冷靜，人生自古誰無死呢？但這時後死亡臨頭，她竟然想哭、又想笑，所有負面的情緒傾巢而出，那些迷茫、悲傷、失落、絕望化成淚水從眼眶裡跌出，然後她想，沒錯，死了也好，死了，就輕鬆了，活著是件責任重大的事，唯有死亡，才能墮入永久的黑甜鄉……

「欺負女孩子家，傳出去不好聽，放了她吧。」窸窸窣窣，霧裡，白霆雷小聲替姬水月求情，他聽見她哭得好慘。

「想放火燒我家灼華的，都是壞人。」鍾流水毫不寬待，只想惡整這女人，灼華則是桃花院落裡那棵桃樹的名字。

「別這樣，大人有大量……」警察還勸，想扯著鍾流水離開這海市蜃樓，在除了霧之外什麼都沒有的地方待久了，會成神經病。

「不准走……捉我做什麼？放手……再不放手我讓你吃拖鞋！」

就聽霧裡有兩男人打架拉扯的聲音，而根據那幾下的拖鞋拍面聲，還有警察時不時的哀嚎，誰打贏了可想而知。

姬水月聽到這一切，突然不耐煩起來，好歹來個人注意她好不好？她又不是死人——念頭一轉就讓她猛然驚醒，剛才她是怎麼了？她從小就積極進取，天生聰明，也沒遇過太大太多的挫折，那想死的悲觀情緒怎麼來的？

一定是這霧的問題。

霧是施用幻覺的最佳媒介，剛才的嗡嗡聲其實還包含了無數種不同波段的音頻，音頻互相染雜之後，會影響人腦產生幻覺，將她引入自怨自艾的幻境裡，最後產生想死的念頭。

鍾流水這人太不簡單了，她想。

伍・
蜃龍逐煙霧，神獸戰鬼兵

是幻覺又不是幻覺，她也算是受到實質的攻擊，因此一身虛汗，腿都癱軟了，蹲在地上幾乎站不起來，甚至有點兒害怕站起來，少了朱明及十二神將的她，開始空虛寂寞冷。

有陌生男人的聲音竄入她耳朵裡。

「照我說的做。」

大驚之下急抬頭看，身邊卻什麼人也沒有，她想，這難道又會是鍾流水的另一個詭計？

男人似乎知道姬水月不信任他，又說：「想離開海市蜃樓，就信任我。」

他的聲音沉厚穩重，給人心安的感覺，姬水月想：就試試吧，反正情況不可能再更糟了。

「好。」她低聲回應。

「正心誠意跟我唸請神咒：千里路途香伸請，飛雲走馬神來臨，拜請南斗七殺星君，用神入身指點分明，急急如律令！」

姬水月照做，有點兒死馬當作活馬醫的味道，她卻沒看到，從她唸第一句請神咒起，就有紫煙於背後繚繞，當咒文唸完，紫煙化成金光燦爛，竟比太陽還耀眼，這光竄入了她的七竅，她像是受到電流不停的抖顫，不久就靜止下來，站起身，明眸裡射出凌厲正氣，柔軟身軀竟然威風凜凜。

她右手捏劍訣，口唸咒曰：「陽光發揮谷藏雲，風掃迷煙不停留，一劍挑破重重幛，雹破霧滅現真容！」

劍指突發紅光，將霧氣逼得漸漸退散，那些亭臺曲院雕牆，全都如遇火的奶油塊融化了，傾頹的樓閣裡，一隻朱紅火鳥奮力飛出，正是朱明，牠被蜃龍噴出的霧氣所圍繞，直到如今才脫困。

朱明見到主人在前，飛過去，卻在離她三尺之前硬生生停住，軋聲長鳴繞圈飛旋，這人外表是主人，但神獸有靈，覺得她的氣味、態度、乃至於眼神，都跟原來的姬水月大相逕庭。

霧氣完全散去，陽光洩射微風和煦，這裡是桃花院落，她站在院落之外，冷靜看著樹下執燭的鍾流水，以及被他硬逼手牽手成好朋友的白霆雷，蜃龍則縮小成大約一公尺的長度，盤在鍾流水的腰身肩膀上。

鍾流水面露訝異，盯了姬水月起碼有五秒鐘，才吹熄手中蠟燭，蜃龍跳起來，迅速縮小竄入還冒著煙的燭芯裡。

姬水月掌心朝天，朱明立即感覺有股強烈的吸力拉引著牠，不由自主就跌落在她手中，而姬水月還沒罷休，朝空喊咒。

「大帝法地，火帝炎炎，烈焰隨體，寒氣通潛！」

朱明隨著咒語逐漸變大，根根羽毛著火一般熾燒著，那火光比院落裡的桃花還要嫣紅，三合院的飛檐青瓦都被映得紅通通。

鍾流水眼裡也是紅通通的，放開了白霆雷的手，往前一步，將他與桃樹灼華給護在身後。公

伍．
蚩龍逐煙霧，神獸戰鬼兵

雞小玉一看勢頭不妙，跟著也鑽到白霆雷褲管邊，拿他當擋箭牌。

姬水月眼裡精光暴閃，大喝：「天火燎！」

朱明覺得胸口像被幫浦充了氣一樣的鼓脹起來，體內燒得疼，自然而然張口鳴吼，一顆巨大火球從嘴裡射出，那火凝而不散、燒而不絕，轟轟烈烈朝鍾流水飛去，巨大的空壓帶起焚風，讓桃樹搖晃，讓人踉蹌。

白霆雷啊啊啊叫起來，「神棍快想辦法！」

鍾流水不敢輕忽，凝空結印敕出鎮火咒，「鎮安火星，鎮壓火精，敢有不伏，劍斬冰凌，急急如律令！」

冷氣自他眉間破出，與火球於半空中正面交鋒，冰與火交會產生強烈的爆炸，震得地面與天空都隆隆作響，巨大空壓全面掃蕩，院裡的小桌小椅都倒了，連鍾流水的藍色外袍都撕裂，身後的白霆雷及桃樹卻都沒事，他如中流砥柱，將那強波概括承受了去。

姬水月也同樣不動如山，她在爆炸前及時使出了護身神法，以神光抵擋強波震體，而前頭火球顯然更擅勝場，冰氣只耗弱了它一半大小，滋滋燒灼聲中，火球依然朝鍾流水而去。

鍾流水往旁一讓，這一讓的結果就是把白霆雷給活生生送上戰場，白霆雷嚇死啦，他名字裡有「霆雷」兩字，不代表他能學神棍一樣，隨手打個閃電或冰氣出來呀～～

「小玉！」鍾流水卻於這時大喝。

躲在白霆雷腳邊數腿毛的小玉居然很勇敢的站了出來，飛騰高鳴，舉翼切風，風勢如雷如電，火球竟然生生停頓在半空中。

說到小玉，牠是天雞後裔，天雞祖先常年住於度碩山大桃樹上，古書《玄中記》云：「日初出，光照此木，天雞則鳴，群雞皆隨之鳴。」雄雞鳴叫一聲日出大地，破陰舉陽，古代民間鑒於天雞有如此神威，甚至會在門戶上畫上天雞的圖案，驅邪辟鬼兆吉祥。

小玉頭頸昂起噴出火焰，此火焰並非純粹的橘紅色，而是輕淺的藍色，這種火焰非天火、也非地火，而是實實在在的日焰，擁有破除邪魔的浩瀚神威，朱明的火球硬對硬碰上，就聽滋滋聲響不斷，只一剎那之間，火球被抹滅，日焰直朝姬水月及朱明而去。

姬水月不避不讓，日焰在碰觸到她的護身神光，就再也前進不得，但這也讓姬水月臉色難看起來，顯然這日焰讓她不太舒服，於是口唸避火咒，減輕自體傷害。

「丙丁之精，元氣陽明，威逞天下，袪滅火神，急急如律令！」

她身體釋出紅光，將日焰給抹盡，正打算進行下一波攻擊，竟被鍾流水擋下。

「我不管你是哪路神明，但你肯定忘了件重要的事。這女人雖有些本事，卻是肉身凡胎，不具備『用神』的體格，你元神上她身，撐到這時已是極限，繼續下去怕會粉身碎骨。」

姬水月一凜，感覺到全身刺痛，裸露在外頭的四肢已經微微腫脹，撐開的肌膚薄的就像能看清裡頭的血管，元氣鼓盪，只差一步就會破體而出，這的確是普通人任意使出「用神」一術所產

伍．
蛩龍逐煙霧，神獸戰鬼兵

生的副作用。

而鍾流水所稱的「用神」，又稱為「神打」，是一種召喚術，靈媒或乩童依每個人精神力的強弱與特質，唸請神咒來請守護神上身，姬水月之所以能跟鍾流水打成平手，正是因為有神上了她的身。

姬水月雖是女孩子，體術方面也受過嚴格訓練，能操控朱明等神獸，但她天生並非神之器，能容受神魂的程度有限，再這樣下去，鍾流水所說的「粉身碎骨」的確有可能成真。

被提醒了之後，姬水月也不戀戰，倒退如飛，就像是有隻看不見的長手臂將她往後提，速度之快甚至連朱明都反應不及，一下子被甩了出去，牠緊張啼叫了幾句，拍翅跟著追過去。

小玉也想追，牠難得看見同類，還想找那朱明切磋呢，卻又被叫回去。

「小玉，回來。」鍾流水喊。

咯咯咯主人啊，再讓人家玩玩嘛！

「別追了，他是救人為主，不是真心比拼，因為『天火燎』不該只是這種程度。」

真正的「天火燎」若施展開來，範圍不會只限於小小的桃花院落裡，真要有心，那程度可以燎原、燎城、燎國、燎山河。

而如今就算只是小小的燎院，也讓院裡滿目瘡痍慘不忍睹，鍾流水又恨了。

「那女人誰啊，把我家院子搞得一團亂，秋海棠、蓬蒿菊……啊、我的十二紅也焦了！很好很好，下次再碰上，非惡整她不可！」

白霆雷卻是又驚又顫，驚的是原來小玉這麼威，這要哪天朝自己噴火，自己骨頭肯定都烤酥；顫的是小玉回復成原來的小公雞體型之後，又跑來他腳邊要啄腿毛了，若踢牠，後果難以設想，不踢，對不起自己的腿毛……

有人不斷天人交戰著，也有人坐回了他的逍遙椅，開口。

「小霆霆……」

「知道了，我會去調查那女人的背景，但是先說好，你自己去對付她，我不能公報私仇。」

「誰要找她啦，她就是隻蛆，以後碰到順腳踩扁就是。」

「那你叫我幹嘛？」

鍾流水搖搖頭，這傢伙怎麼到現在還不開竅呢，非得開自己的尊口來提醒他辦事嗎？

「你今天別回辦公室啦，幫我整理院子，看還能救活我那幾株天竺牡丹嗎？那是灼華最喜歡的花。再往公園旁花店去買幾包花種子，早點兒種下早點兒長。還要帶幾盆菊花回來，要入秋了。」

「喵的老子是警察，為大眾服務的警察，不是你專屬的園丁或提款機！」

「順便帶瓶酒……喔不，我戒酒了，你就替姜姜買晚餐吧。」

「掐死你！」

伍．
蛩龍逐煙霧，神獸戰鬼兵

你掐我我不給你掐的兩人似乎忘了，鬼事組辦公室裡，孫召堂抱著紫菊華酒，把秋水都望穿了，卻依然盼不到他的可人兒回來。

姬水月一閃進入群青巷口的土地廟內，那廟很小，人高而已，內部不到兩公尺見方，門楹上一副對聯：「福蔭全鄉慶，神庇萬戶安」，水泥案桌占了起碼三分之二的內部容量，供桌後靠牆處並沒有土地公塑像，而只是一塊石碑，上刻福德正神香座位，前頭香爐裡插幾炷黃香，煙裊裊。

一眼就能見底的小小土地廟，就連案桌下也躲不了人，姬水月到底有什麼打算？

她伸出纖纖玉手，在斑駁的左牆上畫了個透壁符，口唸穿山透壁咒。

「玉山壁連，薄如紙葉，吾劍一指，急速開越！」

牆上突然間出現了一個黑洞，姬水月跨步進去，黑洞隨即縮小，等朱明追入廟裡時，自家主人已經不見了，牠不死心，飛到案桌下找了又找，又探頭到外頭小鐵香爐裡，什麼都沒有，只惹了一身黑黑的香灰。

咦咦咦咦我家又美又強的主人到哪兒去了呢？

牠只好啃著案桌上的水果，吃飽喝足有力氣了，再飛出去找主人。

鬼事顧問、零肆。司獸者。

【第陸章】見鬼貓能言，百獸圖全錄。

姬水月施用穿山透壁術，來到一個普通的小客廳，那裡窗明几淨，牆上掛幾幅字畫，桌上燃一縷馨香，窗外小庭院裡花草怡然，灰泥磚牆與紅木板門，將外頭的人間紛擾給隔絕。

客廳裡還站著一位眉目如畫的少年，竟是蹺課回家的陸離。

姬水月見到他，露出一抹苦笑，突然間就往他身上倒了下去，陸離一向最討厭與他人肢體接觸，就算是美女也一樣，身子側開要避過，卻又眉眼一動，伸手將姬水月給撈住。

「堂堂七殺星君卻縮頭縮尾……」鄙夷著說：「太難看了。」

紫光自姬水月體內散出，一個人形在光內形成，氣度雄渾如山嶽，刀削一般的五官卻是剽悍勇猛，衣著像是個建築工，但在紫光爍曜裡，他神威凜凜無法逼視。

正是土地公阿七。

「我已經不是七殺星君了。」阿七說著，紫光漸散。

陸離嫌惡的將姬水月扔往一旁的沙發，問：「幹什麼去了？她又是誰？」

「她跟鍾先生鬥法，我不過是出手救她一救。」

「桃花仙就算要殺她，也不關你的事。」

阿七沉默不語，轉臉避開他質問的目光。

這奇怪的舉動反而讓陸離心生懷疑，開星識來掃視姬水月，再估計這女子的年齡——

「她是九尾金毛狐，讓你被貶下凡的元凶。」陸離冷口冷心說：「丟了她，丟得遠遠的。」

阿七苦笑，沙發裡躺著的可是一位美女，並非垃圾。

「她如今只是個凡人，你堂堂一位貪狼星君，不需在意她。」

陸離嗤之以鼻，「你是不是忘了？她啊，為了躲避天雷，故意施用媚術勾引你，勾引不成又與你糾纏，你傻了，都忘了天庭規條首忌男女情愛——」

「我沒忘記。」

天庭律令裡，男女神仙戀愛便是犯罪，當年掌管十萬天河水兵的天蓬不過是調戲一下嫦娥，立判死罪；奎木狼與披香殿裡玉女私通，本也該判死刑，運氣卻好，被貶職為老君的燒火煉丹工。總而言之，天庭裡神仙也有規矩要守，絕不能去干犯。

可惜的是，許多神仙都是由凡人修練而成的，是人都有七情六慾，九尾金毛狐貌態婉轉柔媚，擅長勾魂攝魄，就算七殺星君能把持肉慾不淪陷，不代表內心不動搖……

終於還是替她擋了天雷，被雷部往上參奏，他帶俸貶於下界，成一個小小土地公，只待有功復職。

至於九尾金毛狐，因勾引星君之過，被廢了一身修為，丟入地獄重新投胎，卻萬萬沒想到會在這裡相逢。

「沒忘記的話，她就不該在這裡。」繼續以看蛆的眼神看著沙發上橫陳之人，「你被貶下界，殺破狼三星破局，星曜失衡，亂世當臨，都是你的錯，不、都是她的錯，該殺。」

殺破狼指的就是七殺、貪狼與破軍三星，三星圍拱紫微星，行戒護、保衛帝星之責，三星實力相當，卻各有特色，其中七殺為將星，表面看著穩重，但常有衝動之刻；破軍為耗星，向來率性而為；貪狼卻是才貌出眾，表面人緣好，卻容易翻臉不認人。

不同的個性因此成互補之勢，天上誰都知道殺破狼彼此情義深重，當然，誰若當著陸離的面指出這點，他肯定不承認。

阿七說：「另找他人來接任七殺星君之位也可……」

「細數天上眾仙人，哪個有本事來擔任？你給我振作些，揪出桃花仙他外甥的底細，有疑慮就殺無赦，早日復職，也不枉我跟破軍同以星君之位替你做擔保。」

「是，若非你跟破軍求情，我也早被送往投生橋，重作肉體凡胎。」阿七嘆氣，「就怕……」

「怕什麼？」

「姜姜雖為凶悖魂體，平日卻天真可愛，或者能爛漫過一生，如此我無法立功，天上之位豈不是要繼續虛懸？」

陸離恨死阿七的不成材了，自己為他的前途擔心的要命，這傢伙卻不思振作，事情儘往最壞的方向想，難道……

看了一眼姬水月，由不得他不究詰：「你想留在凡間，跟她比翼雙飛做鴛鴦？」

陸・
見鬼貓能言，百獸圖全錄

「她是凡人了，有自己的生活，我若打攪，又壞了她的機運。」

阿七說著，又看了一眼暈迷中的姬水月。她相貌已變，但當他元神侵入之時，仍舊能感覺到她精神力熊熊如火，那是一種無人能取代的強韌，如此動靜皆宜的女子，男人很難不為之心動。

「不跟你說了，你就是顆茅坑裡的石頭，又臭又硬！」陸離都沒轍了，一轉身回自己臥室去，今天真倒楣，被撞、被罰站、又沾上女人嗆嗆的香水，洗澡去！

阿七還站在客廳中央，想著過去、想著現在、想著未來，際遇就是這麼一回事，曾以為不會碰上的，碰上了；以為很好解決的，卻發現解決不了；以為能輕鬆看淡的，臨頭了，依舊為難。人事、仙事，天下事，事事糾結。

想著思著，直到沙發裡傳來輕嚀，姬水月已經悠悠轉醒，一睜眼見到個建築工背對自己站在前頭，她也沒慌亂，卻心生警戒，第一眼先查看自己身上有無異狀，見衣服整齊，放下了心。

接著端詳阿七，嗯、是個瞎子。

為什麼會是個瞎子？她可知道自己有多美，身材更是曼妙有致，哪個長眼睛的男人會放棄在她昏迷時吃豆腐的機會？

除非他不是男人。

「我怎麼來的？又怎麼會在這裡？」她問。

阿七轉身，姬水月大吃一驚，不是瞎子！

「聽我一言，別再招惹桃花院落的鍾先生，妳惹不起。」阿七說。

姬水月心內懷疑，卻是淺淺一笑，藉此打破阿七心防，溫柔的問：「他不是普通的顧問，他是誰？你又是誰？」

你是誰？竟能將我由一場鬥法之中毫髮無傷的救出，肯定不是普通人。

「他不是普通的顧問，他就是他，而我是我。」阿七回答：「妳可以走了。」

指向外頭那紅色的門，意思很明顯，既然醒了，就離開吧。

姬水月的媚笑當場僵住，她從小到大第一次被人如此明目張膽的下逐客令，臉上竟有些掛不住，她是個美女，通常美女都很受歡迎，男人們總會想盡辦法討好她，沒想到今天在這裡跌了個大跟斗。

還好她心理建設滿強的，裝成不介意的樣子，就算被人趕離開，也要離開的像個女王。

起身，撫平身上衣服的皺褶後，朝阿七點點頭後，高跟鞋蹬蹬蹬走出去，等她走出紅門之後，門喀一聲自動關上了，她回頭看，這裡不過是巷弄間的一間平房，而這條巷子裡有十幾棟同樣的房子，外牆跟門款大同小異。

她才發現這是與群青巷交會的另一條巷子，小土地公廟就位在兩巷的交會點上。

天上長鳴一聲，朱明俯衝下來停在她肩膀上，幽幽叫著，主人妳到哪裡去了？我找妳好久好久了呀~~

陸．
見鬼貓能言，百獸圖全錄

姬水月看著土地廟，看著群青巷，竟有種驚魂未定之感，她雖然不記得與鍾流水鬥法之中發生了何事，但意識消失之前，那種可能被濃霧吞噬的恐懼感依然留在心頭，影響著她的身體，不由自主微微發著抖。

然後，她轉念想：幸好、幸好、鍾流水是友非敵。

轉身離去，她在心底說：會再見的，鬼事顧問，以及那位……

應該是瞎子、卻不是瞎子的建築工人。

幾個小時後，白霆雷逃離了桃花院落，回到辦公室看見孫召堂及譚綺綠同時對他擺臭臉時，終於想起那件被他跟顧問給遺忘了的很重要、很重要、很重要的事。

現在裝可愛來逃避責任行不行哪？

「總部派來的上司呢？」他小心翼翼輕聲細語地問。

「她才從桃花院落拜訪顧問回來，剛回去飯店休息。」

「我也才剛從神棍家出來，沒看見上司過去。」

「亂講，她說你為虎作倀欺壓上司，明天會跟你來個面談。」

「誰為虎作倀啦，我才是老虎，他是鬼……」

猛然嘴裡像吞了個鴨蛋一樣，卡在那裡吐不出、嚥不下——

好久好久，他終於開口問：「那位上司……是女的吧？該不會……那個、那個、科長……」

「就是姬水月科長。今天科長進入辦公室兩次，臉好臭，快把我們嚇死了。」一向大方善良的譚綺綠都不大方善良了，指著他鼻子咒罵，「你最好在明天面見科長前想好說詞，把罪全攬到自己頭上，別牽連上鍾先生，要不……」

本警局之花譚綺綠當著他面握緊了拳頭，就聽骨節喀吱喀吱響，白霆雷彷彿也聽到自己全身骨頭碎裂的聲音。

他心驚膽顫看向孫召堂，後者幽幽嘆口氣，喝著剛泡好的茶，唉，枯藤老樹昏鴉，小橋流水人家……哦不不不不不、這裡是市區啊，外頭都是高樓大廈，沒有小橋流水人家……但是，很快的，組裡就會有個斷腸人、在天涯……

望著那位即將斷腸的人，不忍、不忍、孫召堂用悲天憫人的心腸，繼續喝茶。

總而言之，白霆雷是徹底的被同儕給放棄了。

當晚，白霆雷在自家床上翻來覆去，好不容易睡著了，卻又做了可怕的夢，他夢見自己在漫無邊際的荒原中奔跑，後頭有東西追著他，那東西高昂巨大，大到甚至看不到牠的全貌，牠每一踏步，腳下便揚起一圈一圈的塵灰遮天，身上的花斑是光與影互相交錯，金色的大眼裡漫出濃濃的殺意。

陸・
見鬼貓能言，百獸圖全錄

白霆雷光憑那殺意，就知道牠想吞吃自己，因此拼了命的逃，他心裡唯一的想法是要逃到桃花院落，院落裡有神棍，能解決後頭的怪物。

驚雷般怒吼連連，荒原裡沒有一處不受到震盪，天上不斷灑下熾烈的星火，規模雖然不比朱明火鳥或是公雞小玉噴出的火焰浩大，但空氣一下子變得熱騰騰，他滿身是汗，口乾舌燥。

跑了好久好久，怪物依然如影隨形，他愈來愈恐慌，怎麼神棍的家還沒到？平日動不動就遇上神棍，如今想在半路攔截他也沒個機會，他就快被怪物吞吃了……

突然看見神棍涼涼的站在路邊招手，喜得他跳起來拍手喊：「宰了後頭的大怪物，我請你喝酒！」

神棍居然搖頭，「你就乖乖給牠吃吧，這是命。」

居然見死不救！？好好好，他錯看了神棍，這麼辦吧，他死也要拖個墊背的！跳起來就要往神棍撲去，突然間黑影籠罩，他往上看，怪物的血盆大口往自己罩下，獠牙參差外露，就像是天下最尖銳的利鋸，要銼他的骨，磨他的肉……

此命休矣～～

被吞吃的感覺並不痛，頭上腳下被擠入像是水管的地方，那水管是活的，不斷不斷的收縮，將他一寸寸擠入更深更暗的黑洞裡。

終於他落入大大的黑洞，能舒展手腳了，很快他又發現這裡並非是黑洞，而是一汪琥珀色的海洋，他在海洋裡游泳，不擔心會溺斃，他在水裡能自由呼吸。

他應該快樂了，但是憂傷卻又瀰天漫地的襲來，他終於領悟到，自己被困著了，他不能待在這裡，他得想辦法出去呀！

隔著琥珀色液體，他看見神棍站在海洋之外，同樣憂傷惘然。

「神棍你聽過司馬光的故事沒?他把缸打破救出朋友，你也比照辦理吧！」比手畫腳、鬼吼鬼叫。

鍾流水依舊搖頭，白霆雷聽見他輕聲嘆息。

「白澤，我突然想起……涿鹿戰後，你與凶獸饕餮同歸於盡，以己身虎魄將牠永久封印。你已經死了，你不應該在這裡。」

我沒死，神棍，我沒死，快救我出去！

「往事已成空，還如一夢中，這裡到底是你的夢，還是我的夢?你說說看啊，笨蛋警察……」

海水上下劇烈翻動，暴風雨在上頭肆虐，白霆雷又不能呼吸了，然後他聽見劇烈的爆炸聲，裝著海洋的容器破裂，他隨著琥珀液體流出，像是成熟的胎兒從子宮流出來。

他驚醒了。

區區一個夢，真實到讓他滿頭大汗，枕頭跟床單濕了一大片，心跳很快，喘氣不已。

陸·見鬼貓能言，百獸圖全錄

警察這份工作到底給他帶來多大的壓力啊喵的！

洗臉刷牙上班去，他在電梯裡還跟住三樓的錢老太太道早安，然後目瞪口呆，停車場外貓族群聚，數量起碼有昨天的五倍之多，過路人全都指指點點，為這奇事在路邊討論；大樓管理員也跑出來關心，說過去就算有住戶偷偷來餵食野貓，數量也能控制在五到十隻之間，一夜之間群聚近一百隻，他也是頭回碰上。

有個住戶下樓拿報紙，小聲說：「三樓錢老太太昨晚病逝醫院了，會不會跟這個有關？」

白霆雷瞪他一眼，這住戶哪聽來的不實消息？他剛剛才跟錢老太太打過招呼。

白霆雷趕著上班，卻有多隻貓擋車道上，為了怕輾著牠們，他只能辛苦的將車由地下室牽到一樓出口去，他一現身，所有貓咪全都停止梳理貓毛、吵架、打盹的行為，大睜或棕或藍或紅銅或水綠的貓眼睛，饒富興味看著他。

惶恐啊白霆雷，他何德何能，受貓如此愛戴？

邊納悶邊走，卻發現貓兒們的頭又一致往另一個方向轉過去，似乎發現了更令牠們感興趣的對象，白霆雷兩條寬麵條淚又要流下來了，都說戲子、帝王最無情，其時最無情的是這些貓咪好嗎？只一下就把對他的關注全刪除了。

雖說內心失落，但他還是對貓咪注目的物體感興趣，這一看，哈，奪走貓兒眼光的竟是兩位熟人。

然後他照舊習慣上前去盤查。

「喂，你們一大早奇裝異服出現在這裡，想搞鬼？」他恍然大悟，「貓咪就是你們搞的鬼！」

那兩人的扮相走視覺系重金屬搖滾風，白衣人面貌清秀和藹可親，個子纖瘦，永遠都瞇著笑眼看人，腰間掛了本記事簿及毛筆；黑衣人高大強壯，不苟言笑，鐵鍊繞身，隨時隨地準備幹架，無怪乎白霆雷嫌他們是奇裝異服了。

正是小白小黑，來這裡公幹。

小白正在玩弄一隻貓，聽見問就回答：「搞鬼？不是，我們來捉鬼。小霆霆你不知道啦，凌晨時我跟小黑在醫院裡讓個新鬼給跑了，所以追過來，不是我說，跟以前比起來，現在的鬼刁鑽多了，一見到鬼差就跑，以為我們要吃她呢，冤枉我們了，我跟小黑只負責抓鬼，不吃鬼呀……唉呀好多貓，我就喜歡玩貓了，因為很多貓能見鬼，玩起來有意思啊，小黑你說對不對？」

小黑點頭。

這兩人還真是天生的搭檔，一個話癆、一個惜言如金，完全沒有吵架的問題。

「貓能見鬼？」白霆雷問。

「有些貓長了陰陽眼，當然能見鬼，所以小霆霆你也能見鬼，不是嗎？」

「我又不是貓。」

小白掩嘴笑，「小霆霆你真是的，你是白澤，白澤不就是一頭大貓？這也沒不好承認的嘛，對了，身為愛貓者，我一定要告訴你這個祕密。」

「祕密？」白霆雷好奇了。

「所有的貓都會說話，不管是黑貓白貓玳瑁貓還是金銀貓，都會說人話，牠們說話時不愛給凡人聽到，所以都背著人說。」

像是應和小白，他懷裡的貓喵嗚叫起來，白霆雷一看就勃然大怒，喵的不就是搶他鑰匙的虎斑怪眼貓？居然還有膽來這裡，不怕被他給碎屍萬段？

立刻要抓小白懷裡的貓，那貓看似毫無警覺，一等白霆雷靠近，貓爪子猛刮而來，唰唰兩聲，白霆雷英俊的臉被精彩的抹上幾道抓痕。

連小白都呆了，這野貓居然敢欺負鍾家的小霆霆，不要命了是不是？而貓還被自己抱著，鍾先生追究起責任來，天啊，他跟小黑還看得到明天的太陽，看得到下星期蔓森大人的演唱會嗎？

趕緊把貓給拋了。

好一隻貓，翻個身後穩穩落地，一溜煙逃開，顯然也知道自己惹禍了。

小白丟了貓之後，拉著小黑就往白霆雷住的那棟大樓跑，邊跑邊回頭歉然說：「呵呵失陪了唷，我跟小黑要去逮三樓住戶的錢老太太，她呀，醫院裡哭哭啼啼說要回家見兒子孫子最後一面，但時辰到了呀，閻王要你三更報到，延到五更才走，責任由我們負耶，可是老太太跑得快，生死簿上說過她年輕時是短跑選手，我們大意了，唉唉唉、這年頭連無常鬼都不好當～～」

白霆雷都呆了，他們剛剛是不是提到錢老太太？為什麼每次碰到黑白兩小子，附近都有死人呢？無常鬼……

再一看，小白小黑也不知怎麼換了一身衣服，皮衣全變成了對襟古風長袍、套袴及麻履，還戴著高帽，模樣可笑，卻有陰風慘慘的味道。

他懂了，啐罵：「就說他們是表演魔術的，難怪換衣服動作快。」

罵完，他往四周一看，所有的貓還逗留著不離去，有些竟像是在竊竊私語，嘲笑他臉上的血痕。

「不餵你們貓食了。」他又罵，才不相信貓會說話呢。

雖然遲到了些，但還是順利到達市警局鬼事組辦公室，白霆雷一開門進去，臉垮下來，最糟糕的臆測成真了，昨天往桃花院落裡亂搞一通的女人，真是總部派來的科長，姬水月。

他只好在心裡祈禱，妳看不見我、妳看不見我、妳看不見我……

可憐的警察從前信神不虔誠，所以神不保佑他，所以姬水月自然認得出他來，但幸運的是，這位科長的臉色居然溫柔和善，翦水的雙瞳裡完全沒有責難，相反的，她竟是特意在示好。

「第三次見面了，白警員。」姬水月俏臀抵在孫召堂的辦公桌沿，逗著肩上的紅鳥，巧笑倩兮說。

「三次？不可能，昨天一次，加上現在也才兩次。」

譚綺綠在一旁低聲喊了句笨蛋，白霆雷這可是不打自招，昨天已經跟科長會過面了。

所以白霆雷也囧了，恨不得立刻找個洞來鑽。

姬水月挪了挪重心，這讓她一雙美腿更加修長了，白霆雷想看又不敢看，盯著地板猛冒汗，卻聽她開口說話了。

「見過三次了，沒錯。第一次是你還在等分發之前，記不記得當時有個奇怪的測驗，讓你們往廢棄眷村營救被歹徒脅持的人質？」

事到如今，不管科長說什麼，他都只能硬著頭皮接招：「有，但是測驗很奇怪，人質數是四位，我卻救出第五位，有位女性監考官還把我叫到一旁去問話……」

姬水月拿起墨鏡戴上，調皮的一笑，說：「那位監考官就是我。」

「啊啊啊是妳！」白霆雷見她戴起墨鏡的樣子英偉爽朗，想起來了，果然是當時的監考官。

摘下墨鏡，姬水月解釋：「多出的那位人質是鬼魂，現場裡只有你具備陰陽眼，看到了，還制服我以障眼法製作出的歹徒，當時就決定要調你入鬼事組了。」

白霆雷一身冷汗，他原來這麼早就被這女人盯上了嗎？

「對了，昨天……」姬水月眼波橫來，「我不過是去試探一下顧問，如今我能確定，他不是會危言聳聽的人。現在我打算要做一個正式的拜訪，走吧。」

「去神棍家?不好吧……」白霆雷很為難，昨天姬水月把人家院子搞得一團亂，把神棍氣到一佛出世二佛升天了，她還有臉皮去?她敢去他可不敢陪。

「走。」姬水月很帥氣的披上外套往外去。

白霆雷很無奈的看看孫召堂、又看看譚綺綠，兩人都故意裝忙避開了，要任他自生自滅。

他只好抹抹眼淚跟上，還說：「我幫科長叫計程車吧。」

「搭你的摩托車過去就好了。」

喵的我就是不想跟妳一起出現，才想說叫計程車送妳去啊，神棍昨天放了一整天話，說再看到妳，就把妳埋在桃花樹下當花肥……

不過白霆雷占到便宜了，他自買了摩托車之後，根本沒機會載美女，這回有個身材姣好還穿迷你裙露大腿的超級美女側坐後頭，纖長的手臂緊攬騎士的腰，柔軟的身體貼後背，白霆雷鼻血都快噴出來了。

如今恨那神棍住得不夠遠，一下子就到達目的地了。

照老習慣把車停放在土地公廟旁，天上飛著的紅鳥立刻回到姬水月的肩膀上。

阿七蹲在地上啃著白霆雷給他戒菸用的棒棒糖，白霆雷知道那些老菸槍啊，嘴巴沒放點東西就覺得不自在，之前乾脆買了桶裝一百枝的棒棒糖送來。

阿七略抬頭，看見了姬水月，沒表情，就好像兩人從未見過面。

姬水月走過去遞過一張名片，先給了個甜甜的笑，直接了當自我介紹，「我叫姬水月，昨天忘了跟你道謝，是我不懂規矩。貴姓大名？」

「阿七。」接過名片簡單的回答了，但他的態度並不熱絡，表現得像是虛應一應故事。

白霆雷卻奇了，問：「你們認識？」

「一面之緣。」阿七避重就輕，又說：「他正在戒酒中，心情不好，小心些。」

這個「他」是誰，可想而知。

「你臉色也不好看啊，跟親戚相處的如何？」白霆雷問。

「戒菸還輕鬆些。」阿七的肺腑之言。

白霆雷哈哈笑了起來，拍拍他的肩膀，又跟姬水月介紹說：「阿七是這間廟的廟祝，人好又可靠。阿七，這位是特殊事件調查科的科長，我上司。」

姬水月內心萬般疑惑，卻因此露出了招攬的念頭，搧惑的說：「你這樣的人才怎麼可能是廟祝？應該來特殊事件調查科，當廟祝大材小用。」

阿七不為所動，舉起手中的十字鎬指往群青巷底，說：「鍾先生來了。」

兩人轉頭望去，巷子裡空空蕩蕩，不但沒有人，連隻鬼也沒有，疑惑的回頭，土地廟前同樣空空如也了。

「哇操阿七怎麼也學會黑白小子那一招？被帶壞了！」痛心疾首搥心肝。

姬水月沒說話，她可沒屬下那樣白目，這位廟祝肯定跟鍾流水是同一類的人，但彼此立場又有些矛盾，否則不會暗中救自己。

更怪的是他還不求回報，面對自己的刻意示好完全不動心，真稀奇。

很有意思。

不多想了，她催促起白霆雷，「走吧。」

鍾流水坐在桃花樹下，一臉陰沉盯著來人，面對昨天將自家院子搞得亂七八糟的元凶，就算是仙人也會想殺人。

更別說他正在戒酒期，看誰都不爽。

「我不過是想試試你的底細，看來，還是低估了你。」姬水月怡色知趣，一改昨日的囂張與無禮，擺出女人特有的嬌甜嫣然，降低對方敵意。

「哼。」主人繼續傲嬌中，連張椅子都不拿出來，讓客人罰站。

「鍾先生，你大人有大量，別跟我這麼個小女子計較，院裡的損害我全額賠償，任何要求我都會想辦法滿足你。」姬水月更加的低聲下氣。

鍾流水尖刻的問：「把朱明給我，願不願意？」

第一項要求就讓姬水月為難，神棍的腹黑程度果然是大神級別，朱明則是嘎嘎叫，別傻了，牠跟主人從小就在一起，主人才捨不得丟了牠呢，再說了，這院子好寒酸啊，養不起嬌貴的牠。

果然姬水月笑了笑，「朱明雖然珍貴，但絕對比不上一啼能讓天下明的天雞，鍾先生別故意試探我了，再說，我已經折損了一對燕奴，就當是懲罰我對鍾先生的無禮吧。」

這話讓地上咯咯啄蟲吃的小玉大滿意啊，咯咯咯這位姑娘很識貨，讓牠尾巴都得意的翹往天去了。

「妳真正的目的是什麼？」鍾流水懶得跟她囉嗦，直接了當問來意。

「我想知道前天晚上，你跟白警員遇上的……」她謹慎問：「是饕餮？」

鍾流水回瞪同樣罰站中的白霆雷，白霆雷摸摸鼻子，小聲說：「報告裡我只說疑似饕餮，她就來了。」

鍾流水回想起昨日的鬥法，點頭說：「方相氏一族，自古就擅『司獸』、『相獸』，難怪妳會來，畢竟饕餮都絕種幾千年了。」

姬水月笑盈盈，「如果饕餮真的於田淵市現身，你是本市鬼事組顧問，協助鬼事組捕捉妖獸就是分內責任。」

「連我都不確定那是不是饕餮，妳倒先把責任推給我了。」

「過去是我太糊塗，不知道原來鬼事組裡藏有不世出的高人，所以一直以來都怠慢了你，讓你受委屈。關於這次出現的未知妖獸，請鍾先生你一定要幫忙，就算不是為了鬼事組，起碼也為了田淵市所有居民，可好？」

鍾流水雖然是資深妖孽一枚，但俗話說：千穿萬穿，馬屁不穿，被姬水月這樣的吹捧，他眉頭也稍稍紓解開來，再說了，他本來就為了饕餮一事而操心，碰上對妖獸專擅的方相氏後裔，無異是添了個生力軍。

算了，何必跟個小輩計較呢？鍾流水立刻喊：「小霆霆，拿椅子出來給科長坐，順便倒茶水出來。」

白霆雷還想抗議，怎麼又把他當僕人了呢？但轉眼一看，含淚，姬水月是他上司，鍾流水是惡鬼，只有自己階級小，抬椅泡茶捨我其誰。

姬水月察言觀色，知道鍾流水脾氣消了一大半，立刻柔聲問：「妖獸長什麼樣子？」

「小霆霆，你地上畫出來。」鍾流水吆喝著。

「我畫畫不行。」

「叫你畫就畫，囉嗦什麼？」

白霆雷抓起桃菿，也就是桃枝做成的掃把，倒轉桃柄在地上畫圖，口裡嘟嘟囔囔個不停，「畫就畫，沒什麼了不起，反正老子在凶殺案現場畫過好多次屍體輪廓圖，畫小動物不過是一碟菜……」

陸．
見鬼貓能言，百獸圖全錄

「你畫的什麼？」鍾流水皺眉凝視地上那淺淺的畫痕。

「就那隻小怪物。」

「誆人呢，這明明是條超大毛毛蟲。」

白霆雷惱羞成怒一丟掃把，「就說我不會畫，你偏要我畫，好、我畫了，畫的圖還要遭羞辱，打死我再也不畫畫了！」

憊懶如鍾流水，最終還是不得不起身，撿起桃葕在地上仔仔細細畫起來，他畫工頗好，竟將小妖獸那似狗的身軀，後曲的羊角照比例畫了出來，凶惡的眼神更是栩栩如生。

「對、對、就長這個樣！」白霆雷驚訝大叫。

鍾流水把桃葕丟回到白霆雷手裡，對他真是鄙視到不能鄙視啊，畫隻狗能畫成毛毛蟲，呿！

姬水月諦視後，疑難不已，從口袋裡掏出名片大小的一片銅皮，一抖伸展開來，發出銀青色光芒，原來那銅片柔軟如紙，因此能摺製成書，背面反面皆有密密麻麻的圖案及文字。

「這是……」鍾流水眼睛亮起來，「難道是《百獸圖錄》？」

《百獸圖錄》是古讖緯書中的精怪圖籍，由方相氏一族蒐集妖獸精怪等資料錄入，又整理出一套厭勝之法，鉅細靡遺紀錄在上頭，而含有妖獸精怪的真名與真身的圖錄能辟邪驅怪，跟早已佚失的《論百鬼錄》、《夏鼎志》、及《山海經》是差不多一樣的功用。

姬水月沒想到鍾流水一眼就能識破這本圖錄的來歷，心底滿是驚詫，這位彆扭心腸的顧問，到底還能給她多少驚喜？

「正是我方相氏自古流傳下來的《百獸圖錄》，讓子孫一見妖獸就能辨識，上頭也記載了饕餮。」她手指在銅片上滑過，「這裡。」

在她手指著的地方，有溶液刻蝕出牛角怪獸的圖樣，旁邊註明饕餮，並有幾行小字，說明此獸鉤爪鋸牙，凶惡貪婪，好食人，出世則見兵燹。

「長得不像啊……」白霆雷當然也湊過頭來看熱鬧，並發如是評語。

「不像，除了那一對牛角。」姬水月說：「妖獸的幼體都像普通生物，這是為了要躲避其餘妖獸的殘害，所衍化出的自保方法，牠們為了在短期間成長壯大，會生食動物血肉，從小貓小狗，到虎狼獅豹，更大一些後，就開始捕食有靈性的人類，滋養智慧，好繼續往成年體邁進。」

「所以，不能斷定那就是饕餮？」白霆雷問。

「沒錯，無法斷定，卻必須儘早捕捉，以絕後患。」姬水月點頭，說到這裡她搧了搧濃密捲翹的睫毛，撒嬌著求：「鍾先生會幫我的，對吧？」

或者是前生為妖狐的緣故，她那種天生能媚惑人的氣質根深蒂固，光是眨眨眼細細問，就足以讓一般人心跳加速手心冒汗，而很不巧的是，白霆雷就是那個普通人，立刻將所有對上司的不滿拋到九霄雲外去。

「赴湯蹈火在所不辭！」他大聲說。

鍾流水瞥來看白痴的一眼，真是傻瓜，人家不過賣弄一點風騷，就急著送命去，更別說美女求的人是他鍾流水，不是小警犬，急著獻殷勤做什麼？

當然，對於有戀妹情結的鍾流水而言，姬水月溫柔示好，不過就是拋個媚眼給盲人，白忙一場。

「在田淵市裡要找一隻未成形的妖獸，需要的是人力，科長小姐妳應該可以動用警局所有資源來配合吧，不需要撞死在我這棵樹上。」他說。

「在妖獸的真實身分釐清之前，我會待在這裡，畢竟……」她舔了舔唇，微露興奮，「可能是真的饕餮呢，鍾先生。」

「養虎貽患，科長小姐，不管那是何種妖獸，我只希望方相氏後裔的妳，有本事將牠馴服，別出來擾亂世間。」

「我知道。」點頭，姬水月起身，「我已經跟上頭申請了特別經費，來支援這次的行動，其中一筆自然是鍾先生的出勤費用，希望鍾先生無後顧之憂，全力配合行動。」

唷，放出利多的消息呢，鍾流水隨便點了點頭，就當答應配合了。

他知道，姬水月還是太小看了那隻妖獸。

鬼事顧問、零肆。司獸者。

【第柒章】天穹見榮耀，紛吾乘玄雲。

連續幾天，苦逼的陸離整晚挑燈夜戰，雖說仙體不同於凡體，需要定時定量的食物與睡眠，但塵世汙濁，畢竟損耗仙體靈力，當窗外翻起魚肚白，阿七從步出房門的陸離臉上，看見兩顆黑溜溜的熊貓眼。

「又熬夜了？」

「嗯。」陸離輕描淡寫說：「『威霸傲天下』嫌我級數低，打副本不夠力，讓我升到跟他同樣的級數才收我入隊，我得加緊練級。」

「『天穹榮耀錄』好玩嗎？」阿七透過房門，看著書桌上還未關機的電腦螢幕，問。

「好玩，我昨天遇上一個吸血鬼騎士，他的披風來個三百六十度的大範圍攻擊，就把我隊友都掃倒，生命值一下去了百分之七十。還好我剛練成風雪戰矛，一個擊天恨刺打出重量級傷害，要不我臨時加入的小隊會全軍覆沒……可恨的是，我花了那麼多時間擺平吸血鬼騎士，居然沒掉出想要的技能書！為什麼？功略上明明說有七成的機率會掉出技能書——」

正說得興高采烈的陸離頓住，發現阿七的表情古怪，這才發覺自己好像太失態了，趕緊嚴肅的解釋：「……也沒多好玩，我只是想混到遊戲裡姜姜的身邊，打聽出更多的情報，等達成任務，我就不玩了，玩物喪志，這道理本星君還懂。」

他的星軺在一旁得意嗷叫，替主人這一番得體的話語喝采。

阿七淡然點了頭，說：「快遲到了。」

沒人比陸離更怨恨遲到這種事了，校門口罰站是什麼爛規定啊！

匆匆出門，他才跨出一步又回頭喊：「記得幫我練等做任務，衝上四十級！如果遇上一個叫做『幻藍冰裳』的女法師，別理她，她一直攢著我結婚，讓我把風雪戰矛當聘禮送她，但我猜那是人妖號……」

「知道了。」阿七苦笑。

陸離跨出紅木板門後，阿七站在客廳之中後悔，後悔給貪狼星君買了這麼一套桌上型電腦，還申請了網路，充值虛擬貨幣，手把手教他註冊為會員、選職業、找NPC、接任務……

塵世本就充滿無限誘惑，瞧，尊貴的貪狼星君都淪陷了。

轉念一想，陸離出身高貴，從出生的那一刻起，便享盡尊榮繁華，人間孩子的遊樂方式千百年間不斷變化，卻從不是星君能沾得上的邊，如今引他到網遊裡，等於是把一個孩童從純淨環境裡丟入垃圾堆，病毒大舉來襲，他連抵抗力都沒有，只能乖乖就範。

這樣的陸離也不錯，阿七真心這麼覺得，本來心志就是個孩子，就該表現出孩子的樣兒來。

但是，逼人練級也太超過了吧，他是土地公，有很多事情要忙的。

陸離才剛走出門，又跟姜姜撞上了，當然是姜姜被撞出去，但這回不同，有個張聿修在後頭接住他，所以他的屁股不用吻上地球的臉。

姜姜不以為意，還熱烈對後頭人說：「我說吧，陸離就住附近。他好可憐啊，一定是在前一個學校功課太差被退學，父母逼他轉學，跟壞心的叔叔住，你看，他臉上黑眼圈好嚴重，一定是被叔叔打的。」

就算陸離早就習慣了姜姜的天兵言行，但從黑眼圈能扯出一串可憐的身世，這天兵已經登入神的境界了。

「跟我一起住的親戚並不壞心，他人很好。黑眼圈是我自己熬夜玩遊戲，不怪他。」陸離最看不得有人誣衊殺破狼其中的一人了，板著臉解釋。

「喔。」姜姜聽懂了，然後想起了什麼，又跟張聿修說：「章魚我跟你說哦，『天穹榮耀錄』裡有個笨笨的玩家來加我好友，還拼命要跟我組隊，叫什麼『紛吾玄雲』……」

張聿修說：「他也加了我好友，雖然等級低，但是有禮貌。」

「他笨死啦，一看就知道是遊戲小白，才不跟他組隊呢，寧可碰上神一樣的敵人，也不要豬一樣的隊友，所以他的邀請我都拒絕了，不過他只要上線都來找我耶，一定是我的雄才大略折服了他，以這點看來，他也不算太小白。」

陸離臉愈來愈黑，「紛吾玄雲」正是他的遊戲帳號，而被一位天兵指謫成豬，這世上還有更為悲催的事嗎？

就在這一刻他下定決心，好，他非得花更多的時間，在遊戲裡憑實力打敗「威霸傲天下」，讓姜姜瞭解，誰才是豬一樣的隊友。

陸離同學顯然已經忘了他下凡來的真正目的。

「章魚騎了腳踏車來，我們先走了唷，陸離你也快一點，別再遲到啦！」姜姜說完就攬著張聿修走，留下一個目瞪口呆的陸離。

姜姜是故意拉著自己說話，拖延他上學的時間，想再看一次他的笑話吧？這奸詐狡猾的模樣跟桃花仙是一個模子印出來的！

哼，就算是要明目張膽使用縮地神行術也無妨，就拼這一口氣，才不要給訓導主任再罰站了去！

正要掐印唸咒，忽然垂眼問：「值日功曹，何事？」

披鎧甲、執鋼鐧的值日功曹周登倏忽現身，躬身答：「卑職這幾日與夜遊神輪流巡遊田淵市，搜尋火殃獸蹤跡，偶爾發現有微小煞氣現身，或者正是火殃獸發出來的，追去時又不見蹤影，也不知道它是如何隱藏蹤跡，另外……」

「另外什麼？」

「夜遊神跟卑職說，最近每到夜晚，田淵市便會出現一股獸氣，凶暴無比，漫無目的於街道之上，也不知有何意圖。」

「有獸氣就該有獸身，看得出來是哪種妖獸？」

「沒有實體，倒像是……」值日功曹斟酌著用語，「獸魂。」

「火殃獸與獸魂？有意思了。繼續追蹤，有任何異狀都立刻來報。」

值日功曹咻一聲離去，陸離邊思考邊動身往學校，沒注意上課鐘聲都響了。

然後，面壁罰站，可想而知。

姬水月倚靠在鬼事組辦公室的窗戶邊，倚著窗沿喝咖啡，她玲瓏的側影與窗外的高樓、天空形成一幅美景。

縮在自己位子上的白霆雷、譚綺綠真是大飽眼福啊，美女賞心悅目誰不愛看呢？譚綺綠更是起了效尤之意，科長又美又強又能幹，是所有粉領族的模範，她一定要朝科長看齊。

唯有隊長孫召堂在一旁幽幽嘆氣，這一個星期來，科長親身來鬼事組坐鎮，辦公室裡她的官階最大，靠窗的辦公桌椅當然要讓給她囉，他想念他的百萬風景、舒服的辦公椅……

喝完咖啡，姬水月收回眼光，不解的問辦公室裡的組員：「平日市警局樓下就聚集許多貓？」

譚綺綠立刻回答：「對耶，這幾天我也發覺附近的野貓變多，好像把警局給包圍住了。」

孫召堂哀怨，「我前天買了包貓食，要騙其中一隻花貓回家去，女兒想養嘛，結果那隻貓在我家待了一天就逃走了，早上我又在警局門口看見牠，唉，貓咪無情，吃飽了喝足了、拍拍屁股也走了……」

白霆雷懶得說話，其他三人肯定不知道，市警局這批貓就是每天早上在他家大樓底下堵他的同一群，貓咪們似乎看上了他，早晨送他上班，傍晚歡送他下班，每天每天都可叫一個熱鬧。

他什麼時候那麼有貓緣了呢？似乎是從某隻虎斑貓咬了他的車鑰匙那天起，那貓肯定報復來著，報復那天他死命追牠，所以喚貓兄貓弟天天盯著他。

這丟臉的事打死他都不可能在同事面前說出來。

譚綺綠送卷宗到科長前頭報告：「這一星期來，許多民眾都報案說，有一隻奇怪的野狗攻擊他們的寵物，網路也有人上傳野狗啖食其他流浪貓狗或老鼠的影片，我比對了下，是同一隻。」

「把影片調來我看看。」姬水月說。

電腦螢幕裡，有人以遠距鏡頭拍下大野狗低頭啃食的畫面，拍攝者躲在一旁負責旁白，說大野狗相當凶殘，找到其他流浪狗聚集的空地後，大吼一聲，所有狗眾全都慄慄抖顫，動也不敢動，被選中的獵物躲也不敢躲，任利牙刺入咽喉，其他狗竟也不敢逃，好像中了魔蠱一樣。

「那些狗把尾巴捲曲在兩腿之間，那是恐懼跟受驚嚇的表示。」姬水月說：「這野狗雖然體型不大，卻居於領導性地位。小綠，妳把這部分放大。」

譚綺綠手指如飛，操縱鍵盤與滑鼠，很快將畫面定住後格放，以最大程度清晰化了姬水月指定的畫面。

這一放大就顯出了端倪，姬水月說：「注意到牠的頭沒？牠不是狗，狗的頭上不長角。就是牠嗎？小霆霆你跟鍾先生看到的那隻……」

「科長，別叫我小霆霆。」

「為什麼不？連掃地歐巴桑都這麼叫你，我以為你喜歡呢。」姬水月眨動她那一雙媚到銷魂的美眼。

科長真的好漂亮啊……白霆雷欣賞美女欣賞到一時都失了魂，很快又回神，心裡幹譙再幹譙，面對上司終究不敢表達不滿，男子漢白霆雷最終選擇當縮頭烏龜，臭一張臉去看螢幕。

「應該是牠，可是不對啊……」白霆雷看著那狗，自己也覺得心驚膽顫，「才一個星期，體形大了三倍以上，生長速度太驚人了。」

「根據報案者的描述，牠一開始只追捕些小老鼠、小野貓，但隨著日期推移，牠的體形卻以驚人的速率成長，捕食的獵物體形也跟著增大，這樣下去，我很擔心市民的安危，尤其是沒有抵抗能力的小孩子及老人。」

其他三人都吃了一驚，譚綺綠忙問：「那隻野獸會攻擊人？」

「根據牠鉤爪鋸牙的特徵，啃食動物的殘忍手法，以及變化極大的體形，有可能。」姬水月很懊惱，「田淵市警力有限，要調派更多人手去搜索一隻野獸，只怕有困難。」

辦公室裡瞬間沉默下來，一隻野獸成了鬼事組的難題。

窗外灰藍色的天空下，有紅鳥朝這裡來，是姬水月豢養的朱明，姬水月打開玻璃窗，紅鳥飛上了肩膀，一股勁兒的架架格格。

姬水月側耳傾聽，有些失望，然後對組員們說：「朱明繞田淵市好幾圈了，偶爾發現微弱的煞氣，下去追時又消失了，那隻野獸很會躲。」

孫召堂趕緊說：「局長已經要求所有出外的員警注意奇怪的動物，對於報案的地點，也會加強巡邏，有異狀會立刻通知本組，小綠綠跟小霆霆每天也會更換巡查路線，一定將那隻小怪物給抓起來。」

沒有人比孫召堂更想結案了，他懷念自己的辦公桌椅呀～～

「也好，就這樣吧。」姬水月說，卻又微皺眉頭，這幾天一直都沒有鍾流水捎來的消息，以他那樣的能耐，難道也對那隻小妖獸沒轍？想打電話問，才知道對方沒手機，家裡也沒安裝市話，這是從哪個朝代穿越來的怪胎啊？

只能再找個時間去拜會本人了，謎團重重的群青巷，讓她興趣也重重。

白霆雷得到命令，這就準備去巡查市區，然後，大家已經知道了，警局後頭的停車場裡，好多貓在玩耍啊打架啊睡懶覺，好像牠們已經攻占下這裡似的。

「怎麼又是你們啊，走開走開！」白霆雷揮手驅趕。

貓咪們一見到他，精神又都抖擻了，喵嗚喵嗚叫個不停，好幾隻直接過來蹭著他褲管，白霆雷受不了啦，從隨身側背包裡拿出鯖魚口味乾貓糧，定點灑啊灑，貓兒們總算暫時分了心，一旁吃貓糧去了。

這是白霆雷在這幾日學會的教訓，不可以小看那些野貓，因為牠們全都有當主子的自覺，就算硬趕，牠們做樣子往外跑跑又回來了，想跟牠們說理嘛，哪隻會理你呀？總之你在牠們眼裡就是個奴隸、是個渣。

趁著貓兒離開，他趕緊發車走人，就覺得後座一聲輕響，像什麼東西跳了上來，他大怒，「神棍你又……」

回頭當下愣住，見鬼了喔，後頭沒人啊。

肯定是他神經愈來愈纖細敏感了。

穿市區過街道，一路上注意著行道樹下、街口巷道，全仔仔細細看過一遍。不是他誇口，這幾天市區這麼巡邏下來，哪個地方哪個時段哪個垃圾桶旁會遇上哪條狗，他都已經如數家珍了，至於流浪貓，切，早晚都在他面前點一次名，找都不用找。

然後他決定要往海邊去，到上回他頭次遇見小妖獸的地方，因為犯罪者都有回到案發現場的衝動。

沿海公路的空氣裡有鹹鹹的海風味，堤防就在前方，斜陽殘照了，橘紅夕光映照海面，情侶

柒・天穹見榮耀，紛吾乘玄雲

雙雙又對對……

不要羨慕那些已經有伴的人，哥是盡忠職守的警察，把生命熱情奉獻給市民了——這樣安慰自己的白霆雷真是有說不出的苦逼。

「喵嗚～～」

白霆雷差點兒抓不住把手，怎麼有貓叫聲，而且近在咫尺？

「喵嗚喵嗚嗚～～」

肩膀一沉，被個軟軟的東西踏上，那東西接著跳上車龍頭中央，與騎士面對面坐著，而這輛車還正風馳電掣著。

「是你！」

「喵。」

就是那隻虎斑怪眼九節錢尾貓，厚顏無恥的不告而坐，跟某個懶惰成性的神棍一樣，而這隻貓搗蛋的程度更是有過之而無不及，大剌剌占據龍頭，一副江山我有的豪邁氣派。

「豪邁你妹啊豪邁，給我滾！」

圓圓的眼兒瞇起來，貓兒的嘴角鬍鬚甚至微微上翹了，看起來就像在笑一樣，這可把白霆雷給嚇壞了，因為，誰看過貓兒會笑啦？

是的，貓兒不會笑，大家別被市面上那些招財貓玩偶給誤導，以為貓兒會笑，實際上貓兒的臉上缺乏喜筋，擺不出笑顏，會笑的貓兒肯定有鬼。

「你也是妖怪對吧？快滾，讓神棍看見了，你死無葬身之地！」

白霆雷停下車，抓住貓兒後頸往外扔，也不知道哪兒來的第六感告訴他，這貓想對他不利，非早日擺脫不可。

好貓兒，一落到地面之後，不慌不忙又往原方向撲騰，輕鬆回到車後座上，又弓背躍過白霆雷，落回到車龍頭中央。

「你、你、吃定了老子是不是！？」

貓兒陡然間淒厲大吼，竟像是在對誰打著信號，白霆雷就覺背後狂風呼嘯腥味撲鼻，回頭一望，一團白色魅影朝自己緊追而來，前頭的貓咪叫得更急了，就像是嗷嗷待哺的貓崽子急喚母貓。

魅影裡有雙眼金光燦爛，狠酷凶煞，白霆雷突然間想起了他前幾天的一場夢，夢裡有隻怪獸亟欲將他啖之而後快，逃生的本能立即作祟，他發動車子往前急衝，連貓兒還在車上也不管。

車子起動的太快，貓兒爪子沒勾好，差一點兒就被甩出去，幸好及時趴在車子油箱上，但油箱表面光滑，牠爪子沒處施力，往旁一滑，幾乎要掉下車去，還是白霆雷有婦人之仁，把牠撥回正中央，要不肯定飛走。

「你給我說清楚，後面那個到底他喵的是什麼東西？」白霆雷迎風怒吼虎斑貓。

貓咪同樣鬼吼鬼叫，就是不回答白霆雷的問題，白霆雷也沒心神聽答案了，只知道後頭有滾滾的煙塵、斑斕的獸影、大張的獸口，以及金色的大眼，整一個想吞吃自己的態勢。

夜幕即將低垂，下班車潮湧現，白霆雷在車陣中蛇行迂迴，處處驚險，惹怒好多汽車駕駛人，但白霆雷跟本無暇他顧，由照後鏡中見魅影愈來愈逼近，其他車輛卻都視若無睹，看來只有自己的陰陽眼見得到那團魅影。

或者車頭這隻貓也見得到，他沒忘了小白小黑說過的話，貓能見鬼。

以這樣的車速在正常道路上駕駛太危險，只要一個分心，隨時可能與其他車輛發生衝撞，但他愈想愈火大，吼，老子堂堂一個警察，連個鬼影子都怕，以後還怎麼抓壞人？

跟它拼了！

緊急剎車後一個甩尾轉回，大街上緊催油門，朝那魅影對衝！魅影始料未及，金色的眼睛大睜，居然阻止不了白霆雷直撞而來。

白霆雷就這樣穿入白霧魅影裡。

霧裡空蕩蕩，白霆雷只覺得車子懸空了，同時有大片粗糙的冰塊擦過身體，簡直像被千刀萬剮，幸好這樣難受的感覺也只維持了兩秒鐘，很快他就穿過魅影，眼前再度清朗。

魅影沒抓住他，急速行進的摩托車對它而言，等同於金屬兵器，自古以來，金屬最能傷魂害魄，因為金屬有不透陰陽的特性。

白霆雷並不懂這個道理，穿過魅影的他只看見正前方出現一座廟宇，簷下紅燈籠搖晃不已，廟前中、左、右三門已然關閉，廟埕冷清，卻是本地城隍廟。

魅影空中呼吼幾聲回來，旋風颯颯飛砂走石，一下便將白霆雷捲了過去，它以巨大風壓讓輪胎打滑，白霆雷連人帶車摔一跤，車子在地上滾了幾滾之後，轟一聲起火燃燒。

幸運的是，虎斑貓在摔車之前就往旁彈跳了，沒受到傷害，白霆雷卻是摔往反方向，半邊身體嚴重擦傷，比上回被無頭騎士追殺而摔車那一次更慘，但萬幸的是骨頭沒折斷，就是痛，痛到完全沒力氣起身。

更痛的卻是白霆雷的心，他的愛妻才從車廠回來沒多久，這次看來是徹底報銷了。

魅影扶搖直上，到達一個高度之後，朝白霆雷倒地之處又俯衝而下，聲勢驚天，白霆雷本能覺得有危險，知道該逃，身體卻是動彈不得——

這下玩完啦！

一白一黑兩個影子由城隍廟前兩道側門奔出，鐵鍊凌空丁鈴噹啷，繞住白霆雷後拋甩，魅影的撲擊再一次落空，怒目看往鐵鍊來源處。

白色人影奔上前，擋在魅影與白霆雷的中央處，口中哇啦啦喊：「誰啊誰啊，看清楚，這裡可是城隍廟！城隍廟是什麼地方啊，是祭祀城隍爺的廟宇，城隍爺記錄、通報、審判及移送死者亡靈，本市所有鬼魂都受本城隍廟管轄，任何鬼魅不得無禮進犯！」

說話的正是小白，他是本城隍廟治下白無常，平日的工作便是拘提往生魂魄，剛剛發現白霆雷有難，立刻攛小黑出來相救，手中定魂筆於空中書寫犯煞靈符，幾枚紅色符字湧現在空中，他口唸鎮煞咒言。

「一筆定讞魂魄，千符鎮壓煞靈！」

紅色符字烈烈如火焰，一枚枚往魅影貼去，就像把燒紅的木炭扔往水裡去，貼合處發出滋滋響聲，白色蒸氣上冒，魅影痛苦的嗷嗷吼叫，很快符字消耗變小，但也已經成功在魅影身上燒出許多的窟窿。

影中金色目光黯淡下來，定魂筆這一施展，果然耗去它部分的精氣神，但它很是頑強，嚎叫後依然朝白霆雷奔去，就像跟他有著不共戴天的仇恨。

小黑抽回白霆雷身上的勾魂鐵索，鐺琅琅往魅影直鞭，那勾魂鐵索專門鎖離魂、勾遊魄，鬼魂若是遭打，就跟凡人受到刀劍損傷一樣，魅影被抽打的直冒黑煙，每受一鞭，影子籠罩的範圍便小一分。

「吾乃鬼差黑無常，勸汝立刻離開，煩擾良民必受天律責譴！」小黑喝道，同時間繼續逼近。

魅影退了幾步，但它並非是退讓，竟只是蓄積後勁，虎跳過小白，竄往廟旁一棵百年老榕樹上，小白又是哇啦哇啦叫起來。

「喂喂喂，不帶這麼玩的吧，你這鬼不是普通鬼啊，到底是什麼？小黑小黑你看出了沒？惡鬼也敢從白無常大爺身上跨？想帶衰我的運氣嗎？當心白大爺把蔓森大人從地獄召喚回來，好好教訓你一頓！」

小黑天生行動派，立刻擊鞭迎去，魅影吃過勾魂鐵索的虧，不敢正面對抗，跳樹要避開，鐵索卻如有意識的靈蛇，先一步預測路徑，魅影跳樹，反倒像是把自己給送到鞭子前頭似的。

「中了！」小白興奮歡呼。

他高興的太早了，因為魅影這時侯凌空轉折，避過了鐵索的鞭笞。

金目裡凶芒畢露，魅影生氣了，白霆雷看在眼裡，自己的膽也虛了，他這是犯小人還是犯鬼魂？

城隍廟裡突然白光閃耀，三道門朝外發散滾滾白光，光裡瑞氣祥生，帶著凜然正氣，雷射砲一樣朝魅影放射。

魅影知道那光的厲害，往後急退，很快消失在夜色裡，虎斑貓目睹一切，喵喵幾聲搖著尾巴也追著魅影而去，兩者果然是同夥的。

小白小黑同時間朝廟門口揖拜，很恭敬很恭敬，看來是大人物出馬了，官威凜盛，逼走了魅影。

小白過去扶起白霆雷，說：「能驚動到城隍老爺都出馬，小霆霆你惹的一定不是普通的鬼，而是惡中之惡、鬼中之鬼。找鍾先生替你解決吧，他最喜歡吃凶鬼了。」

「你們……不是變魔術的？」白霆雷只曉得問這句話了。

「變魔術？」小白同情的看著他，給小黑個眼色，唉，小霆霆嚇傻了，失心瘋，還是快扶進去救治吧。

白霆雷又回頭看了看幾乎燒成廢鐵的愛車，悲慟欲絕。

為什麼他老是會惹些鬼怪妖精？從入了鬼道的張逡，山中的千年蛇妖，到如今這隻連樣子長什麼樣都看不清楚的鬼，還有那有史以來最腹黑最小家子氣的桃花鬼——

倒楣透頂了。

白霆雷被攙扶著進入城隍廟，就見門前石柱雕刻古樸，木雕細緻卻不繁巧，這是間去古不遠，有悠久香火的廟宇，但見無常塑像陰森森，黑無常臂繞鐵索，白無常手執名冊；更深入，文武判官、十八羅漢分列兩旁，每座塑像皆活靈活現，彷彿無時無刻不盯視著他。

抬頭望殿中，匾額上頭寫著「爾來了」，這城隍廟執掌本地亡魂去留，「爾來了」三個字警醒世人，無論你是富是窮是青春是老年，終有到頭的一日，而拜殿中懸的大紅算盤則表明了，世人前來，功過盡算，誰也別想躲。

白霆雷凜然，這分明是一間秤量人類善惡的廟啊。

小白小黑把白霆雷扶到椅子上坐好，準備替他上藥包紮，雖說沒有傷筋斷骨，皮肉傷的面積整個算下來，也是很怵目驚心的。就在小白要離開拿傷藥時，一位高大的中年人提著古式藥箱來了，這人長相很威嚴，長眉闊目，長鬚飄撒胸前，感覺就是個修道之人。

「藥拿來了。」中年人把藥箱遞給小白，對白霆雷端詳了半晌，問：「你是鍾先生家裡那隻……」

白霆雷還沒說話呢，小白搶著回答：「就是。」

中年人突然間露出懊惱的神色，喃喃說：「救錯了、救錯了、救錯了……」

多管不該管的閒事，是連神都會犯的錯誤。

「什麼意思？」小白傻傻的問。

「天機。」中年人搖頭，「不可說。」

「唉唷老爺子你又拿天機當藉口，說嘛，什麼救錯了？難道小霆霆應該被剛剛那隻鬼咬死？不可能呀，我的鬼籙上頭沒他的名字，他時間還沒到呢。」

「根據天意，他必須死，而且不死不行……唉、我干擾了天意，也不知會不會引起天禍劫難啊……」

「吼老爺子又危言聳聽了。別怪屬下吐槽你老，聽過放羊孩子的故事沒？老是說謊騙人的壞孩子，到最後都自尋苦果的說……」

柒・天穹見榮耀，紛吾乘玄雲

小黑在一旁無奈，小白你別顧著說話，快給擦藥吧，白霆雷還在流血呢。

白霆雷則是生氣，什麼天機不天機，難道一切都被天意給算盡？

天意明明總愛開人大玩笑！

鬼事顧問、零肆。司獸者。

【第捌章】瓔珞顯碧血，
妖鏡照乾坤。

夜裡，陸離放著明天小考的英文單字不背，眼睛盯著電腦螢幕，興奮的搶怪刷記錄，有人在外頭敲門。

「什麼事？」很不耐煩的應答。

阿七在房門外頭說：「值日功曹求見。」

「讓他進來。」這麼說著話的陸離，眼睛連一秒都沒離開過螢幕，遊戲裡十幾個小怪圍攻他，要在這裡被殺死，他鄙視自己。

值日功曹其實是能化成金光直接進入房間，但這民房雖然矮小，裡頭可住著貪狼星君及前七殺星君，他小小一個值日功曹，哪敢隨便造次侵入呢，所以即使大半夜的，他還是恭敬在外頭敲著門。

其實也不需要敲門，在他落地的那一刻，阿七的神識就已經掃描出來人是誰了，開門後問明來意，直接領他往陸離的房間去。

值日功曹矮著身進入房間，揖拜秉告來意，「星君，南邊有妖獸煞氣現身，是否隨卑職前往？」

陸離暫時下線，把腳邊睡著的星軺喊醒，那是漂亮的大狼犬，毛髮泛著銀亮光彩的鐵灰色，腳邊夾雜著幾許火紅色的斑，像是被一團火雲所簇擁。

到了院子裡，陸離的星軺抖了抖身體，身軀陡然變大，肩膀處長出兩道鷹般鐵翼，這時候，

捌·瓔珞顯碧血，妖鏡照乾坤

就連阿七放在屋內的十字鎬也發出了嗡鳴聲，顯然跟長翅膀的狼型獸起了共鳴。

阿七摸摸十字鎬，那是他的星軺，他怎麼會不知道牠也希望能有迎風翱翔的機會呢？對於這點他也只能在心裡抱歉，目前小小土地的他，出入若是無端以星軺代步，不合體統。

陸離登上他的狼形獸星軺，化成紫光奔天，值日功曹隨後跟上，很快到了南市區的一處天橋底下，該處散發著垃圾的臭氣與新鮮血肉味。

「來遲了一步，但煞氣的確出現過。」值日功曹迅速繞過一圈，「七人遭難，一人存活。」

「不是火殃獸，火殃獸不吃人。」陸離說，「周登，你上告天庭，我貪狼攬了誅殺食人妖獸的工作，見，必殺無赦。」

值日功曹揖拜後離去，一顆流星迅速劃過夜晚的天際。

橋上過往車輛熙攘，橋下卻是破落骯髒的另一個世界，幾塊帆布搭起簡單的容身處，瓶瓶罐罐堆在外圍，遊民把這裡當作遮風擋雨的棲居之所。

當閃著紅藍警示燈的警車結聚於此，肯定是這裡發生案件了，而且還不是普通的案件，因為除了偵辦刑案的王隊長及他的組員外，鬼事組科長姬水月，組員白霆雷、譚綺綠也都來了，而市警局內的所有人都知道，鬼事組員出現，案子肯定跟怪力亂神有關。

其實好多警察都心不在焉呢，眼光盡往姬水月瞄。姬水月嫵媚嬌麗，天生勾魂攝魄，肩膀上那隨身不離的紅鳥更像是一塊羽絨圍巾，增添她的華麗雍容，走到哪兒，追隨的眼光就到哪兒。

所有人都羨慕死白霆雷了，市警局這麼大，鬼事組就已經占了譚綺綠一位漂亮寶貝，連暫時派駐來的科長都是位絕世大美女，好多人都打算申請進入鬼事組了，就算大家都說這個單位裡專門見鬼，也不要緊。

但，公僕先生們，目前的重點不應該擺在鬼事組科長的豐胸、翹臀、蜂腰、及美腿上，而是天橋下的恐怖案件，請加油。

原來居住在這裡的遊民有八個人，卻在昨夜遭受一隻大型野獸攻擊，據唯一倖存的老遊民證詞，野獸體形大約有牛那麼大，頭上長角，利爪一撓就掏出活人的心臟來啃，轉瞬間就殺了七人，又把屍體給啃食乾淨，就剩下些骨頭在地上。

老遊民驚魂未定，也不懂自己為何逃過一劫，野獸走了之後，他因為驚嚇過度，昏迷了幾個小時，醒來後都早上了，才哆嗦著找到橋上指揮交通的警察報了案。

被啃得七零八落的人骨旁，姬水月專心聽鑑識組人員的報告，證實老遊民的說法。

「骨頭上殘留大型肉食動物攻擊人類並吞食的痕跡，這是一起獸吃人的案件，地上的獸跡也可以證實這一點，足印已經採模送回去鑑定了，很快會查出是哪一種獵食動物。」

姬水月對各種獸類熟諳，瞧一眼便知道那是近似於大型犬科的物種，現場足印雖凌亂，卻肯定只有一隻，她小心以戴著橡膠手套的手拾起一塊碎骨，聞了聞。

妖獸的氣味濃厚，連她肩上的朱明都不安起來。

對於食人野獸的出現，其實讓現場所有警員也跟著憂心，姑且不論這是哪種野獸，若是不及早抓起來，遲早還會有人成為牠的獵物，必須立刻發布警訊，讓所有市民注意人身安全。

但如此一來，人心發生恐慌是必然的，這事件其實考驗著警方的智慧與應變能力。

譚綺綠是鬼事組員，但是看到現場的畫面，臉白的都想吐了，發現姬水月雖然也是女孩子，卻是鎮定自若，一派的強人主管風範，對她更是佩服的五體投地，立刻挨過去問。

「科長，食人野獸為什麼會放過那位遊民？」

「他身上長有膿瘡，身體不健康，生氣耗弱，就算沒被野獸吃掉，也活不過一個月，妖獸把他排除在外，表示牠已經具有相當的靈性。」姬水月答。

「有靈性，會不會就是我們正在追查中的……」譚綺綠又問。

姬水月看著碎骨，想起了最近尋找的妖獸，喃喃答：「如果真是那一隻，成長的速度也太快了，再拖下去，後果不堪設想……」

王隊長過來了，他在不久前曾經負責盜賊集團「夜鬼」的案件，跟鬼事組孫召堂是感情相當好的同僚，姬水月跟他商討了下案情，兩人爭辯了會，不多久姬水月對白霆雷跟譚綺綠說明。

「這起案子表面上由王隊長負責，對外公布是乾元山上的野獸下山咬死人，他會調動全市所有警力及消防隊員，調閱附近所有的監視器、詢問附近居民，看是否能得到有用的訊息，另外再由各地里長組織巡邏隊，一旦發現有可疑動物，立刻報案。」

白霆雷問：「事情都被他們辦完了，我們鬼事組做什麼？」

「一口氣吃了七個人，我很肯定那是一隻妖獸，而不是普通的虎狼獅豹，一般的警察逮不下牠，由我們來逮。」

「我們才三個人……」譚綺綠懷疑的說。

「有我，有朱明，夠了，你們兩個做後援。」姬水月說。

白霆雷對姬水月的話一點兒也不懷疑，他可親眼目睹這女人一下叫出十二隻怪獸出來，更別說她肩膀上的朱明有多猛，相信就算是一整個消防隊都出動，也敵不過小紅鳥噴那麼一嘴火。

「科長我相信妳。」於是白霆雷難得的狗腿了。

「我也相信你。」姬水月回以嫣然一笑，「聽說你騎車摔跤，車毀人卻未亡，果然是四陽鼎聚之命，天生有福星高照，就算派你去跟妖獸肉搏，相信也能化險為夷，否極泰來的是吧。」

白霆雷被那傾城傾國的微笑給電暈了，但很快他就變臉，手抖抖指向她，「科、科、科、科長、妳妳妳、怎麼知道我、那個、四陽鼎聚？」

「鍾先生告訴孫隊長，隊長記錄在人事資料裡，我當然知道。」

好你個死神棍，居然大嘴巴！都忘了他的四陽鼎聚命格是一場大悲劇，不但惡法師張逡覬覦，還因此受到千年蛇妖來襲擊，他不要這個命格了，重回他娘肚裡另找良辰吉時出生行不行！？

想當然耳是不行滴。

朱明突然叫喚起來，姬水月抬頭，就見一隻暗紅色的大蝙蝠飛近，朱明也變得很緊張，羽毛豎起鳥眼凌厲，盯著蝙蝠一瞬也不瞬。

「那是……」姬水月露出饒富興味的表情，「血瓔珞？」

傳說中的血瓔珞，是某種妖蝠的雅稱，根據《相異錄》所提，蝠神元衣真人與海外異國的血族合婚，生出的後代便是血瓔珞，會變化，能識鬼，但大多留在血族之國，東方寥寥可數……

好想養啊。

白霆雷卻認出蝙蝠來了，說：「那是神棍的寵物，見諸魅……難到神棍也到這附近了？」

轉頭找，找完溜溜的東邊，又找溜溜的西邊，一首康定情歌唱完了，還是溜溜的沒找到。

「霆雷君別找了，主人沒來，派奴家轉達信息。」

白霆雷和譚綺綠同時像被針戳屁股一樣跳起來。

蝙蝠會說話？蝙蝠會說話？蝙蝠居然會說話？！

譚綺綠覺得自己有些個暈，搖搖晃晃到一旁吐去了。白霆雷卻是被雷打了頭，耳朵嗡嗡嗡，過去只要跟神棍在一起，就老是聽到奇怪的女人聲音，原來不是幻聽，而是被神棍給算計了，誰他喵知道蝙蝠原來會說話啊！

就算會說話，也別用這樣勾魂攝魄的嗓音來欺騙他純純的少年情懷，換隻鸚鵡來他也不至於反應如此的草泥馬呀！

現實果然就是個大後媽，知道真相的人卻還是得繼續往前爬。

姬水月往上伸出她嫩的如同蔥白的手指，蝙蝠會意，翅膀拍拍停上去。

「妳是血瓔珞吧？好美啊，來我這裡吧，我不會虧待妳的。」姬水月上下搖動手指，一邊逗著她玩，一邊輕聲誘哄。

見諸魅咯咯嘰嘰笑起來，方相氏的後人果然識貨，知道她見諸魅與眾不同，哪像白霆雷老是說她醜，氣死啦。

「奴家已經誓死效忠主人了唷。對了對了，水月姑娘，主人請妳跟霆雷君前往桃花院落一趟。」

「很緊急嗎？」

「緊急得不得了呢，事情再不解決，我家好主人會死的～～」

「禍害都會活千年，輪不到他這個妖孽死啊！」白霆雷大驚。

見諸魅抽抽咽咽的哭泣，「主人已經瀕臨極限了，水月姑娘，就求妳別再耽擱，趕往桃花院落吧，嗚嗚嗚～～」

姬水月立刻調一輛警車來，抓了白霆雷就往桃花院落去，車上姬水月本想開口詢問見諸魅，鍾流水到底發生了何事，想到剛剛連譚綺綠都跑去吐了，可不要害開車的司機也吐了，硬生生按捺下疑問，反正到了桃花院落，一切就都明白了。

群青巷道窄小，汽車開不進去，警車於是把姬水月跟白霆雷放在巷口前的土地廟前。兩人一下車，見諸魅就叭叭叭往前飛，姬水月正要追，卻頓了頓。

「他怎麼不在？」

「妳問阿七？他好可憐，家裡搬來了個惡親戚，逼他每天幫忙上線玩遊戲衝級數。」白霆雷都要為阿七偷掬一把同情淚了。

姬水月覺得對那人有些在意，也不知道是為什麼。

桃花院落桃花落，剛植下去的多年生草花還未到繁茂時節，顯得院中蕭條，公雞小玉躲在院子角落打盹，鍾流水則站在青瓦屋頂上，臉上的招牌胎記又不見了，蓬髮飄飄，凶戾若惡鬼。

白霆雷小聲問見諸魅：「神棍看起來沒事，為什麼說他會死？」

對啊，愈像鬼就表示這人精神愈好，這是白霆雷被拖鞋砸頭無數次後，得出來的結論。

見諸魅大聲哭泣，「主人七天沒喝酒，脾氣愈來愈差，連體貼話都不跟奴家說，比地獄裡的鬼還凶呢，霆雷君，你一定要幫幫主人哪～～」

白霆雷囧，這根本就是酒精的戒斷症狀嘛！七天沒喝酒，也真難為神棍了，看來為了使出圓術，神棍真是豁出去了。

見諸魅這一哭，讓一直站在屋頂上凝望遠方的鍾流水收回目光。

「太慢了。」苛責，說完往院中跳下去，落在姬水月面前。

姬水月被他的變化給嚇了一跳，數天前這人還清凝如仙人，幾天工夫倒是變成了惡鬼，也不是說他改頭換面了什麼，純粹就是身上的靈氣產生了變化，表情也跟著扭轉，走在外頭，小孩看了都會哭。

「鍾先生，你……」

鍾流水不耐煩的瞪她一眼，指著南方處，說：「那裡氣流紊亂，不太對，妳派人去查過了嗎？」

姬水月訝異，那方向就是妖獸吃人的現場。

「昨夜已經有七個人被妖獸吃了，捉拿妖獸刻不容緩。」她說。

「牠吃人了？」鍾流水一把揪緊姬水月的衣領，握得重了，指節甚至格格作響起來，「牠吃人了！？」

再一次大聲喝問，血紅的眼裡瘋狂正蔓延，朱明一見他對主人無禮，立刻啄來，鍾流水反手一揮，把紅鳥拍飛到小玉身邊，打盹的小玉被吵醒了，同樣氣，把朱明給擋下來，我啄啊啄、啄啊啄、非把你囂張的紅羽毛扯光光不可！

白霆雷也被他的樣子嚇到了，神棍的戒斷症狀比想像中還嚴重，居然粗魯對待姬水月，是不憧憐香惜玉喔！立刻把鍾流水的手給揪下來。

「神棍你平常打打我就算了，別對我科長無禮！」很有英雄氣概的指責。

鍾流水哼一聲，一揮手把白霆雷也給甩了出去，沉聲說：「妖獸狡猾，平日也不知道躲在哪裡，成功掩藏牠日漸壯大的氣息，就算出現，也只是一下子，我跟見諸魅去追時，早就不見了蹤影。現在牠既然明目張膽出來吃人，看來……」

「看來什麼？」白霆雷爬回來問。

鍾流水仰天哈哈狂笑，「老鼠小貓小狗已經滿足不了牠，牠開始朝人類下手了，只要牠開始吃人，就會增長智慧，煞氣也會愈來愈強，然後牠會需要更多的人……」

姬水月雖然剛剛被人揪領子，但她看來並不在意，插嘴說：「牠先從老弱的遊民下手，表示牠對於健康的人類還是忌憚，但吃完就躲，警方在追捕上產生困難……」

鍾流水說：「牠不會再躲了。」

不會再躲了，因為妖獸跟人一樣，一旦覺得自己有駕馭一切、睥睨一切的本事，就會肆無忌憚的將人世當成牠的獵場，牠是鯊魚到游滿小魚的池水裡，一張嘴，食物自動跑進嘴裡。

沒什麼對不對，弱肉強食而已。

鍾流水又是狂笑，看來他還比較像是萬惡不赦的獵食者呢，笑完了，卻對白霆雷問：「小白小黑跟我說，你被鬼追？」

「明明就是隻裝神弄鬼的怪獸，想吃我，哼，真當我是唐三藏，吃一口肉就長生不老嗎？有這麼好康我幹嘛不留給自己祖父祖母外公外婆爸爸媽媽，讓他們長命百歲？」說到這裡又氣啦，他還沒從痛失愛妻的傷痛裡復原呢！

鍾流水把他扯過來，從上看到下，從左看到右，又往他身上嗅了嗅，懷疑的問：「那隻妖獸找到你了？」

白霆雷被問住了，這個、那個、也許、應該……

「老子不確定是不是那隻啦！」最後他大吼。

鍾流水又看了他半晌，可能是因為專心思考的緣故，他眼裡的瘋狂漸漸褪了下來，姬水月在一旁看得清清楚楚，這時候才敢開口詢問。

「所以、鍾先生喚我們來是……」

「圓光術。」鍾流水收回思緒，接著指揮白霆雷，「你、院子角落那水缸搬過來。」

「為什麼是我？」白霆雷不滿的問：「你……」

「我是這家的主人，主人當然能要求客人做事，不叫你難道叫你的科長？」不耐煩的揮手，「快點！」

白霆雷還想反駁，姬水月已經使了眼色過來，用腳想也知道，誰比較凶惡就聽誰的，誰官大就聽誰的，白霆雷既善良又官小，只好乖乖去抬水缸。

捌・瓔珞顯碧血，妖鏡照乾坤

鍾流水指定的水缸，高不及白霆雷的膝蓋，下窄上闊，直徑約有半公尺多，缸緣上一圈龍身環抱，缸底畫一隻兔子，白霆雷左看右看，就覺得這缸好熟悉啊，好一會兒恍然大悟。

「這不是你放在後院拿來養蓮花的水罈嗎？我幾次看見姜姜往裡頭放尿……」

「他的童子尿陽氣渾厚，能幫我養缸。」

神棍啊這可不是老人家喝茶養茶壺啊，才不相信姜姜的尿還有這種用途呢。

鍾流水繼續摧殘白霆雷，要他給缸注滿水，院裡沒有長塑膠水管，他只能拿著水瓢從廚房來回十幾趟，裝水到八分滿才被喝止。

到底是要幹什麼呀，難道神棍戒酒戒到精神錯亂，打算鑽到水缸裡淹死自己？若是真的如此，天下會不會因此而太平呢？白霆雷很認真的思考起來。

鍾流水收起了狂傲之態，站在院中閉緊眼睛，院中捲起香風，他衣衫飄飄，身後的桃花也飄飄，花朵紛紛散落，這裡像是仙境一樣。

天上落下光華，射入他頭頂的天竅，神光滌清惡鬼容貌，一時間他竟然溫美如玉，體散馥郁桃花香，同時間他運靈於眼中，瞳眸裡橫波流彩，呈七色琉璃光。

白霆雷揉揉眼睛，以為自己看錯了。姬水月卻是輕輕噫了一聲，她跟那膿包下屬不一樣，看得出來鍾流水要施法，但這樣貌卻跟傳說仙人練靈一樣。

鍾流水垂視地面，手指快速變換指訣，口吟圓光書喧咒。

「金光皎潔乾坤照，萬神奉召赴龍華，天皇仙神三七字，圓滿呈光地下輸，吾奉昊天上帝元神降光急急律令！」

缸裡的水逐漸搖晃起來，像是有隻隱形的手在翻攪，水面出現漩渦，維持固定的速率旋轉中。

七彩瞳眸折射彩光入水，缸面七彩水氣氤氳，水氣有靈，於缸上浮現倒影如鏡，鏡緣一圈青龍盤繞，活靈活像栩栩如生，倒像真有神龍盤繞，水影正中央則是白兔若隱若現。

「這是……」姬水月驚呼：「乾坤日月照妖鏡！我聽家中長輩提過這神器，原來長這樣子！」

白霆雷倒是不以為然，說：「這明明就是三稜鏡色散的效果，小學時我天天玩，把鏡子放水裡反射陽光，能把白光分出七種顏色到牆上。」

「笨蛋，乾坤日月照妖鏡可不是普通的鏡子，青龍代表日出東方，白兔則是月懸碧空，日月攏觀陰陽，合成一個『明』字，產生明鑑精怪的靈威力，這是真正的照妖鏡啊！」

說完就忍不住替那水缸抱屈，鍾先生居然拿外甥的尿來養缸，真是、真是、鬼事科長也無語以對了

「既然是照妖鏡，這裡就我三個人，照哪個妖精？」白霆雷因為被罵笨蛋，說話的口氣相當不爽。

「鍾先生請出照妖鏡，應該是為了加強圓光術的效力。圓光術能追查人間百事，查天庭地府，查陰陽風水，查過去未來，查精靈鬼怪，還能把查到的訊息顯像給他人觀看……」白霆雷照舊吐槽，「應該把圓光術列為警察必修技能，壞人一個都逃不了……」

鍾流水終於說話了，卻是口音清靈，彷彿換了個人似的，「……凡間術士誇大此法，強調人人可學，不過是藉機斂財罷了，不過，藉著靜定觀照之心，的確能追蹤特定之物，但、有所限制……」

「什麼限制？」姬水月問。

「至親、至情。這兩樣與施術者相關至深，私心會蒙蔽明鏡之眼，鬼物也會趁機侵入水鏡，施予魔障，施術者若是無法辨明，將墮入萬劫不復的深淵。」鍾流水停頓了幾秒鐘，才說：「圓光術不同於天眼，能於外在顯像，你們專心仔細看著水影，勿生雜念。」

姬水月對鍾流水可是心悅誠服，點頭應是。白霆雷雖然心存懷疑，不過也由不得他嘰嘰歪歪了，只能當看戲一樣，睜大眼睛往水影上瞧。

水影就是一面懸空的明鏡，中央處卻有兔影浮浮沉沉，但隨著鏡裡曖昧漸退，兔影也逐漸淡去，另一個白白的獸影明顯起來。

「是牠！」白霆雷指著那白影，正是長了角的小妖獸，而鏡裡的體形還正如當初兩人頭一次遭遇的那樣，如同一隻小白狗，看起來相當無害。

姬水月瞪他一眼，要他安靜，這圓光術顯然才剛開始，因為鍾流水仍然一動也不動，眼裡琉璃光耀，神祕莫測。

姬水月承認他的確是神祕的，雖然之前外表一派疏懶，但那樣的疏懶，其實是因為眼光太過犀利，看穿了世間的本質，因此才對任何事物都不上心，這樣的隱者，到底誰能打動他的心呢？

想到這裡，姬水月怦然心動了，她已到適婚年齡，族中長輩天天催婚，就把鍾流水列為未婚夫候選人吧。

「妳似乎愛上我了。」毫無預警的，鍾流水說：「不可以愛上我，妳比灼華醜多了。」

姬水月一凜，卻沒有一般人被戳破心思後會有的窘態，只是很有興趣的問：「怎麼知道？」

「我心眼已開，能感應他人心中大致所想，類似佛門的他心通。剛才瞬間感受到妳春情大盛，可想而知。」

白霆雷趕緊抗議，「胡說，科長也有可能愛上我。」

「她不是笨蛋。」

白霆雷腹誹：你才是自高自大賣弄膨風大吹大擂危言聳聽天下第一世界無雙的自我感覺良好大笨蛋～～

鍾流水悠悠又道：「你心裡正說著：自高自大賣弄膨風大吹大擂危言聳聽天下第一世界無雙的自我感覺良好大笨蛋……」

捌．
瓔珞顯碧血，妖鏡照乾坤

白霆雷咚咚倒退兩步，巧合，絕對是巧合，全都是幻覺，嚇不倒我的！

「專心注視水鏡裡的影子，我已經連上牠的氣息。」鍾流水眼睛連眨都沒眨，但水缸上的水鏡卻不斷變換著光影，就像誰拿著攝影機快速奔跑，及時將影像傳送過來。

小小的白色獸影已經變得比普通羊隻還大一些，矮著身在某個狹長的空間奔跑，上頭偶有光透下來，腳下則是粗糙的水泥地，偶爾碰上一隻小老鼠，都被牠順手捕來吃了。

「那是哪裡？」姬水月問。

「你們來告訴我，我只負責顯像。」鍾流水淡淡說。

就見妖獸往前直奔毫不轉折，姬、白兩人都猜測，那地方大概是隧道或山洞，但是就白霆雷所知，田淵市裡、甚至是南邊的乾元山，都沒有這樣的地方，妖獸腳底下時不時會有涓涓小水流，水色汙濁，並非泉水或清水。

妖獸突然回頭，隔著水影朝姬水月、白霆雷投注目光，就好像正與他們對望，弄得兩人心底都有些震盪，忍不住起了疑問，他們既然能從這水影看到對方，那麼對方是不是也能反過來看見他們？

還來不及請鍾流水解釋，妖獸已經採取行動來回答了，就見水影晃蕩，妖獸的影像盡被漩渦給吞噬，一道冰冷煞氣如刀如劍從水影中刺過來，越過姬水月與白霆雷所站之處，竟是對準了鍾流水的眼睛。

「神棍！」白霆雷喝聲警告。

鍾流水早有警覺，指按眉心，口唸明心如鏡咒。

「神靈滋液，百寶為用，心能照物，靈威鑑明光！」

七色琉璃光自眼中流洩，是春花爛漫庭園，是水中碧波萬頃，柔和了金屬戾氣，包容了無主殺心，冰冷煞氣反折回去，晃蕩的水影又逐漸清晰。

雖然不知道水影的對面發生了何事，但是妖獸顛顛躓躓，顯然受了創傷，這讓牠變得更加警覺，不斷抖著鼻子嗅聞，很快又鑽入另一個狹長昏暗的空間裡。

姬水月見鍾流水有驚無險的化解了危機，放下心，收起她平日的媚態，開始拿出主管的威嚴，一招白霆雷，「你來這裡幾個月了，知不知道那是哪裡？想想看，是田淵市裡祕密的通道，還是乾元山裡廢棄的礦坑。」

白霆雷覺得真冤枉，他又不是土生土長的田淵市民，有時候譚綺綠逼他去買某店需要排隊兩小時才搶得到的蔥油餅，他還會迷路呢，姬水月問錯人啦！

「天陽地陰，地平面處於陰陽交會點，妖獸所在之處卻是陰盛於陽，所以是地下、或者山洞、或者水裡……」鍾流水突然說。

「不是水裡，而是人工建築物，可能是工程涵管什麼的。」白霆雷回想剛剛妖獸的畫面，這麼猜。

「地下……對，我早該想到了，牠可以藉由躲藏地下，掩蓋與生俱來的煞氣，躲過值日功曹及日夜遊神的耳目。這妖獸靈智已開，不可小覷……」

「那就是地下建築物……」白霆雷說：「不對，牠剛剛直線前進了起碼兩公里以上，哪有直徑那麼大的地下室？哈、忍者龜！」

「忍者龜？」就算是方相氏後裔，知道天底下所有妖獸的名字，姬水月也是第一次聽到這東西。

白霆雷看眼前這兩人都是一副迷惑的樣子，呵，可終於得意了一回，摸摸鼻子解釋。

「忍者龜是美國的漫畫，後來改編成動畫，主角是四隻基因突變的寵物龜，跟訓練他們忍者功夫的師父住在曼哈頓的下水道，每晚出來打擊犯罪，當年我可崇拜他們了，還想去學忍術……」

姬水月恍然大悟，「這麼說來，妖獸以地下水道為藏身處是很有可能的。」

「下水道屬於都市地下管網的一部分，田淵市這麼大，怎麼找？」白霆雷問。

姬水月微微一笑，「小霆霆你立刻聯絡小綠，要她調出田淵市地下管網路線圖……我們現在直接回到天橋去，那裡是牠頭一次獵食人類的地方，有地緣關係，牠應該就躲在那附近的地下水道裡。」

既然得到了共識，鍾流水收法，七彩瞳眸瞬間黯淡，缸裡的水重新寂靜，水影也消失無蹤，他疲累的倒在桃花樹下。

白霆雷見鍾流水要死不活，忍不住關心問了句：「還好吧？」

鍾流水眼睛瘦澀的睜不開來，卻還是苦笑，「圓光術能窺天機，本就會讓眼睛受創，要不許多算命者都眼盲，你以為怎麼來的？偏偏我又以明心鏡法去阻遏妖獸回窺，這眼睛是暫時無法用了。」

他說得沒錯，這世上許多人能窺天機，卻不敢亂窺天機，看了本該看不到的東西，自然要拿本有的視力來補償，所以鍾流水從不輕易使用圓光術，原因並非只是單純要戒酒。但幸好他只利用此術找物，不窺天機，也不至於眼盲。

鍾流水又說：「妖獸成長快速，拖延下去只會給牠壯大的機會，這就去抓。」

姬水月知道，若有鍾流水相陪，抓妖獸事半功倍，但她還是不確定的問：「你的眼睛……」

「讓小霆霆當我的眼睛，揹我去。」

白霆雷破口大罵，「身體不行就別出門，你根本就是打算作踐我、欺負我、裝病糟蹋我、你……」

「揹著鍾先生，我打電話叫計程車。」姬水月美目一瞪，「走路穩些，別顛著人家了。」

白霆雷說：「神棍你眼睛瘦，腳可不瘦吧？我們不是手牽手的好朋友嗎？我可以牽你走，汪汪，我是受過訓練的導盲犬——」

「我腳也痠。」

白霆雷抹抹眼淚，乖乖蹲下揹起鍾流水，還聽到他在耳邊得意的輕笑呢。

懶惰的人應該天打雷劈天誅地滅啊！

鬼事顧問、零肆。司獸者。

【第玖章】巨靈阻饕餮，香粉追獸蹤。

計程車上，白霆雷問：「見諸魅哪裡去了？」

鍾流水閉著眼睛指指自己右邊太陽穴上的粉紅色胎記，順便罵了聲笨蛋。

可憐的白霆雷天生沒慧根，人家都已經明明白白提示了，他腦中就是缺乏聯想力這區塊，只是大呼小叫的喊：咦咦咦、胎記怎麼又回來了？神棍你胎記還分時段出現的啊？這是人體上的奇蹟啊，你真不打算整個容？可惜了你這花一樣的臉蛋。

姬水月纖指一掐下屬的大腿，附和的跟著鍾流水同罵笨蛋，接著就忙打電話，跟王對長要求支援人手。

黃色封鎖線將天橋下方圍出了一塊閒人勿近的區域，兩名員警在該處守著，其中一個就是白霆雷非常熟悉的小方。

小方好奇的問：「顧問怎麼了？」

在他印象中，鍾流水從沒以如此病懨懨的模樣出現，好可憐啊，連路都不會走了，得讓人家揹著。他甚至合理的推想，小霆霆終於管不住脾氣，把老是欺負他的顧問給痛揍了一頓。

看來，小霆霆死於非命的日子不遠了。

白霆雷見小方用同情的眼神看著自己，也不懂為什麼，說：「別管神棍。對了，這附近有下水道孔蓋嗎？」

玖·
巨靈阻饕餮，香粉追獸蹤

他說的下水道孔蓋，指的就是市區道路上常看見的人孔鑄鐵蓋，底下銜接排水涵管，能於暴雨侵襲時，迅速排除水量，將雨水即時宣洩，保障民眾於雨天走路行車的安全。

「你你你，想把顧問丟進下水道去毀屍滅跡？」小方大驚失色。

「如果可以的話……神經病，要幹這種事我還會先問你棄屍地點！？快回答我，這附近有沒有下水道人孔蓋！」

還真問對人了，剛剛小方尿急，到附近商家借廁所，順便買了兩杯人魚標咖啡回來，在人行道上差點被突起的孔蓋給絆倒。

「那邊。」手指往天橋銜接的那條主要街道。

姬水月在一旁聽到了，捏捏小方的圓臉蛋，含笑說：「辛苦你了，方警員。」

小方暈陶陶，白霆雷則是生悶氣，同樣是手指頭，捏在自己大腿上，足以痛得讓他喊媽媽，捏在小方臉上，卻是柔情蜜意，他現在就退出鬼事組行不行？他要過著跟小方一樣的正常人生……

「發什麼呆？走了。」鍾流水提醒他快跟著姬水月。

姬水月的確走得匆忙，她竟是等不及王隊長的支援，要先親往下水道去勘探，她本身有十二神獸及朱明護身，旁邊還多了個鍾流水，有恃無恐。

鐵鑄的人孔蓋就在人行道上，明顯被移動過，卡在人孔之上，人孔就是銜接、檢查或清理管渠，使維修人員能出入地下管渠的設施。

姬水月揭開人孔蓋往內看，這人孔呈圓形，壁面釘入一排塑膠包覆的人孔踏步，供維修人員上下出入。

姬水月又朝四周望了望，發現前方樓房旁架設了監視器，她立刻打電話給譚綺綠，要她調出這具監視器裡的影帶，但譚綺綠卻當場答覆，那具監視器裡的資料早已經看過了，裡頭並沒有可疑的畫面。

「把這附近下水道涵管出口的位置圖給我。」姬水月並不氣餒，交代譚綺綠繼續查。

不久，譚綺綠把擷取的水道分布圖傳到姬水月的手機裡，姬水月和白霆雷研究了一會，對鍾流水說：「有一條運河的支線連接最近的涵管出水口，這就去。」

踩著高跟鞋的姬水月行動力不輸任何人，蹬蹬蹬跑得比誰都快，累壞後頭揹著鍾流水的白霆雷了，就聽他邊追邊嘮叨搭便車的神棍，你這個懶鬼，你對不起生出你一雙好手好腳的父母，你……

「我無父無母，天生自養。」鍾流水閒閒的說。

「就算無父無母，也要靠自己的雙腳行走！」

「我有你就好了啊。」

「……」

臭神棍，就說老子不是你的坐騎啦！

根據地下管網路線圖，天橋下其實埋有排水涵管，直通五百公尺外的一條人工渠道。涵洞口就在人工渠道與地下涵管的連接處，涵洞上方則是一般道路。因為並非雨季，洞口處水流僅及腳踝處，三人圍在道路護欄旁朝下看，那涵洞可比剛才的人字孔大多了，一頭牛進出絕不成問題。

「嘿、你們看那是什麼！」白霆雷發現了大獎，把鍾流水放下來，一翻身跳了下去，撿起黏在洞口的東西，「毛！」

「毛什麼毛？你的？」鍾流水問。

「不許開玩笑！是獸毛，一定是妖獸爬出來時，被洞口給刮下來的。」

「牠的確有可能從這涵洞出入，但是貿然進去太危險，而地下水管四通八達，需要……」鍾流水轉頭對姬水月說：「十二隻應該夠了。」

姬水月點點頭，她其實心思玲瓏剔透，知道鍾流水要她幹什麼，站定結印唸十二神獸除厲咒，自古以來，方相氏族人皆以此咒召喚十二神獸的魂魄前來，驅瘟疫除邪魅。

「煌火馳而星流，逐赤疫於四裔，凌天地，凡使十二神追惡凶！」

長髮飄飛若蓬枯根拔，金光自地放射，姬水月執戈、揚盾，驅使甲作、胇胃、雄伯、騰簡、

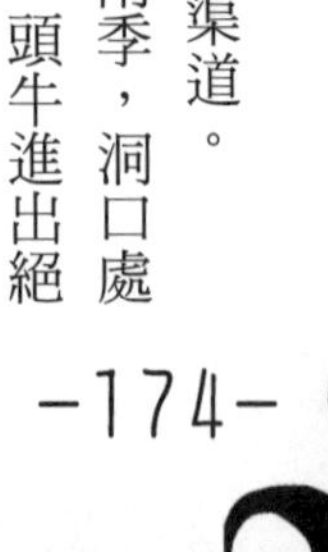

攬諸、伯奇、強梁、祖明、委隨、錯斷、窮奇、騰根，十二隻神獸出現。

戈盾又化成黃令旗，擲往涵洞口，姬水月喝令：「十二神獸聽我命，疾走尋蹤！」

令旗懸空而浮，以底端為圓軸心，隨著姬水月的動作慢慢轉動，弄得白霆雷以為自家科長也是變魔術的，很明顯嘛，旗子一定綁著透明絲線，就跟電影裡吊鋼絲的蜘蛛俠一樣。

十二神獸相率竄入涵管，姬水月手印也沒撤去，閉眼專心凝想，她神識已跟十二神獸化為一體，神獸們看到什麼，她也就能大略感應到什麼。

鍾流水豎耳傾聽涵洞內的回音，聽出神獸腳步聲漸去漸遠，在某地停留之後，又三三兩兩往不同方向急奔，分頭尋找獸跡。

突然間姬水月輕噫，令旗也愈轉愈快、愈轉愈急。

鍾流水單眉上揚，知道黃旗代表神獸們的精神狀態，轉得愈急就表示牠們正處於亢奮中，可能正與誰爭鬥著……難道已經碰上了？如果十二神獸夠能耐，就這樣將不明妖獸解決了就好，此案也告一段落，但如果……

如果連十二神獸都無法解決牠，那麼，今天他與姬水月肯定有一場硬戰好打。

嘴角微微浮出獰笑，正好，人說何以解憂，唯有杜康，他好一陣子沒喝酒，憂愁找不到緩解的出口，早想找個好目標大殺一番……

白霆雷旁觀，心驚膽顫，粗神經如他都看得出來，神棍這戒斷症狀愈來愈嚴重，似乎要找人

玖．
巨靈阻饕餮，香粉追獸蹤

幹架似的，他還是退開一些，保持安全距離好了。

「離開太遠，有事我可保不了你。」神棍突然冷冷說。

白霆雷收腳，淚，為什麼三人之中，他是最弱的一個呢？

就在這時，小黃旗啪的一聲折斷了，是硬生生的折斷，完全沒有外力的介入，姬水月當下變臉，低呼一聲：「不好！」

涵管裡彷彿正發生什麼恐怖的境況，從裡頭傳來各種奇怪的聲音，就像是從地心發出，震動到涵管，再匯聚成一種暗示世界末日來臨的淒吼。

涵洞口也微微晃動著，洞底的淺水不斷激起漣漪，幾分鐘後這晃動終於停止，聲音也乍然歇靜。

姬水月臉白了，回頭對鍾流水說：「十二神獸沒消息了……裡頭究竟……」

鍾流水歪頭想了下，說：「無妨，我加派兩個偵查兵進去。」

就見鍾流水美美的一甩袖，兩道五色彩影分從他袖子裡飛出來，展翼翩翩，竟是兩隻燕子。

「燕奴，探探情況去。」鍾流水交代。

翦尾燕子鑽入涵洞去了，牠們體形小，速度快，遇到危難能迅速脫出，做為斥候或哨兵很是給力。

姬水月不確定的問：「鍾先生，那兩隻燕奴……」

「就是原來妳養的那兩隻。」

「我以為牠們被鍾先生的蜃龍給吃了。」

「我把卡在蜃龍牙溝裡的牠們救出來，所以是我的了，妳的部屬可以作證。」

白霆雷連連點頭，當時他親眼見鍾流水救出兩隻小燕子，還以為神棍這傢伙有良心呢，卻一直沒見他物歸原主，原來是要自己私吞。

姬水月臉白了，心中自動把鍾流水從未婚夫候選人的名單裡劃掉，她才不要跟自私小氣腹黑會占人便宜還嫌她醜的男人結婚。

一刻鐘後兩道彩影出來，飛得歪歪斜斜，身上羽毛甚至脫落了幾根，牠們飛到鍾流水身邊，嘰嘰啾啾搶著說話。

「牠打算出來？」鍾流水緊張起來。

涵管裡頭開始傳來轟隆隆的低鳴，像火車即將出山洞，但那並非火車，而是遠古的怪獸……

「不能讓普通人接近這裡，小霆霆你現在離開，並且聯絡警方疏散附近。」姬水月立即說。

白霆雷立刻回頭跑，並以警用無線電聯絡王隊長，報告目前的情況，那頭的王隊長其實早收到小方的訊息，人已經在路上了，此刻正調派特警隊前來，要以最強的火力來圍堵吃了七個人的猛獸。

白霆雷跑出幾十公尺之後，就聽到後頭傳來隆隆咆哮，回頭一看，涵洞裡飛竄出來一隻體型

玖・巨靈阻饕餮，香粉追獸蹤

巨碩的妖獸，頭上兩隻巨角往天上斜插，鉤爪鋸牙，尾巴及鬃毛如火般燎燒，火紅雙眼猙獰，一騰身便飛到了半空之中，彷彿背上長了羽翼。

姬水月肩上朱明沖天飛起，一張口噴出七七四十九道火焰，妖獸敏捷於半空中轉腰閃了過去，砰一聲落入渠道中，朱明也跟著飛近，雙翼一闔，熱風烘烘自空中奔騰而下，妖獸的毛髮一沾觸那熱氣便燃燒起來。

朱明高飛，再次噴出七七四十九道火，火焰卻在半空之中凝聚成一顆火球，飛速往下，將妖獸打了個大跟斗，趴在地上噭噭亂吼。

一旁觀戰的姬水月以為朱明成功收拾了妖獸，正要跳下渠道將妖獸活捉，鍾流水卻阻止她。

「能滅絕妳那十二神獸，牠的能耐不止於此。」

果然妖獸怒不可遏，眼中凶芒畢露，憑空拔起了身形，竟是虎豹騰躍之勢，躲避不及的朱明被牠的利爪勾住腹部，血液噴濺，當場肚破腸流。

「朱明！」姬水月變臉大叫，手撐住圍欄，就打算跳出去救她的愛鳥。

鍾流水袖中飛出葦索，閃電般纏住由空中直墜地面的朱明後撈回，落在姬水月的懷中，但那妖獸並不放棄，空中換向撲來，鍾流水揮鞭逆捲，牠全然不畏，揚爪竟然將葦索給扯斷了。

鍾流水輕揮，幾朵桃花貼上牠的身軀，花朵砰砰幾聲璀璨爆炸，妖獸有些個吃痛，跌倒在地上。

「妳不是牠的對手。」鍾流水冷冷對姬水月說：「因為牠是饕餮。」

最壞的預想終於成真，妖獸正是饕餮。

姬水月掏出《百獸圖錄》觀看，那是一張薄薄長長的銅皮書，上頭記載古代妖獸的真名、特性與外形，等於是現代的怪獸圖鑑，在關於饕餮的記載上，牛角、凶眼、以及特殊的鉤爪鋸牙，都與眼前的怪獸符合。

很難說出目前的姬水月是何種心情，大概就是憂喜參半吧，喜的是以為絕種幾千年、四大凶獸之一的饕餮居然會出現眼前，若是能將之捕捉起來馴養，這將成為她一生當中最偉大的成就之一，晉升家族中呼風喚雨之輩；憂的是，連自己的十二神獸都奈何不了牠，她又如何捕捉這樣的凶獸呢？

忽然往旁看了一眼，或者、鍾先生……

「殺了牠，否則後患無窮。」鍾流水說，他已經猜到姬水月的意圖。

「但是……」姬水月還存著僥倖。

「沒有但是。」鍾流水卻是決絕，毫不修飾他的殘忍，「千刀斬，萬箭射。」

甩手灑出漫天花雨，罡風也自天而降，捲花成簾成幕，鍾流水手腕翻轉，心念成絲，絲線掌控花朵飛繞、飄浮、旋轉，沒一朵花兒彼此干擾；他手指輕彈，花雨成籠，絲絲入扣毫無隙縫，竟將那饕餮給囚在當中。

饕餮惱羞成怒，拼了命的扯抓花囚籠，那花朵雖然強韌，卻禁不起凶獸的鋸牙鉤爪，幾下就被撕破開來，鍾流水二彈手指，一朵桃花一點火，朵朵火花往籠中燒，饕餮一頭撞了出去，火花還散落在牠身上。

花囚籠困不住饕餮，這點鍾流水早知道，他只是爭取些時間，咬破手指以血書寫天火正心符灑於空中。

春去夏來，薰風炎炎，一旁姬水月只覺得置身於野火焚燒的荒原中，好強的幻術，她想。她錯了，鍾流水這一招不是幻術，而是召喚天外飛星的前奏，他劍指上比，天火正心符憑空燃燒。

「火符引星自天來！」

符火上衝雲霄，很快天上出現無數顆飛星，每顆飛星只有拳頭大小，威力卻高出人類的槍砲數倍，直朝饕餮方向擊落。

饕餮知道天上落下的東西不容小覷，必須避開，牠隨著飛星的落勢而高低錯落的跳，就聽砰砰數響，幾顆飛星炸得渠道水花四濺，灰塵揚散，也有幾顆砸中饕餮背脊，炸得牠連站都站不穩，往前摔跌了幾下。

凶獸中了飛星的背脊雖然燒焦了，卻並未穿透牠的皮膚。牠無事樣的爬起身來，正要往上竄跳，卻看見白霆雷那有相當距離的小小背影。不知為何牠改變了主意，放著鍾流水不對付，一轉身就朝白霆雷奔去。

這景況大出鍾流水跟姬水月的意料，但饕餮動作太快，只怕幾秒鐘就能扒得白霆雷扑街——不久前還堅持自己腳痠眼痛，非得人揹著行動的鍾流水，就在這時展現了他靜如處子、動若脫兔的高度反差，姬水月只覺眼前一閃，鍾流水就已經追到了饕餮後面。

又一條葦索自他袖口飛出，凌空套住饕餮脖子，鍾流水大喝巨靈遣山咒，兩腳定在地上不動如山，饕餮竟然再也無法前進一步，急得牠嗷嗷大吼。

這巨靈遣山法出自於力大無窮的巨靈神，默唸巨靈遣山咒便能使出千斤之力，讓施法者同樣擁有移山倒海的力量，將饕餮給困住。但這遣山法屬於爆發性的法術，無法持久，待效力消失，饕餮便能脫困。

「小霆霆你快走！」鍾流水大吼。

白霆雷也看出不對了，喵的為什麼怪物老喜歡追著他的屁股跑？知道自己留下肯定給神棍造成負擔，二話不說就跑，但跑到哪裡是一個難題，只能哪邊人少往哪邊去。

姬水月見鍾流水正陷入苦戰，她可不是旁觀就能滿足的女人，把懷中朱明放在一旁，展開她手中的《百獸圖錄》，唸咒。

「百獸為備，使知神奸，魑魅魍魎，莫能逢之！」

把《百獸圖錄》丟往空中，那圖錄頓時萬映金光如閃亮，就像是一條金腹銀鱗的飛蛇，朝準饕餮千纏萬捲，竟將饕餮給壓制。

原來古代製禮器大多用銅，正因為銅為金屬能辟邪，這《百獸圖錄》以薄銅打製，上頭更錄有百種妖獸的真名、形貌，沾染了妖獸的靈氣，一打出，宛若百獸之力齊發，自然有攻敵克敵的效果。

饕餮身後有巨靈神來拉、身上有百獸來制，四腿幾乎要彎在地上，但牠獸性頑劣，竟不願意屈服，眼裡的凶氣愈盛，陡然間大吼連連，如海嘯山崩，四足之下揚起塵煙若雪，蜘蛛狀的裂紋以同心圓向外散開。

巨靈遣山法已然失效，葦索斷裂，鍾流水往後重重反跌，饕餮因此威風再來，鉤爪扯開身上纏繞的「百獸圖錄」，鏘鏘鋃鋃，銅片碎成幾百片在地上。

姬水月嬌叱一聲「收」，銅片飛起集中重疊，這圖錄本身不怕火燒水打蟲咬，就因為具有記憶的功能，很快回復原狀，飛回她手上。

鍾流水跌在地上，本是饕餮進襲的好時機，但奇怪的是，饕餮眼中竟只記掛著白霆雷，吼吼聲中又是朝他疾奔，總而言之，饕餮若是鬥牛，白霆雷就是那紅布，天涯海角追到至死方休。

其實白霆雷已經離涵洞口非常遠，遠到他的身影在鍾流水與姬水月眼裡不過是一個小小的點，但饕餮目力非凡，一下就辨識出他來，眼冒凶光拔腿狂追，恨不得一口吞了他。

鍾流水也追，卻追得心有餘而力不足，都說了巨靈遣山之力是爆發性的法術，使用過後需要相當的時間休息，才能讓體力與靈力恢復，眼見饕餮與白霆雷逐漸拉近，他咬咬牙，掏出一把五營靈符請兵請將來相助。

「五營兵馬點兵將，兵先發，馬先催，槌陰辟邪斬妖孽，神兵火急急如律令！」

符紙轟一聲燃燒，天上傳來金甲交鳴馬嘶人語，天兵天將盔明甲亮，各提戟鞭劍鏟，排陣堵在饕餮前頭。饕餮眼見到口的東西又遠去了，更加激起牠的暴戾，頸鬣丞張暴吼昂揚，就像一隻被激怒了的雄獅，衝入兵將之中就殺將起來。

黃風滾滾灰塵騰騰，凶獸力抗群兵掩殺，饕餮雖然擅長吃人，無奈每次把天兵咬到口裡，都成了一顆一顆的豆子，殺不盡，咬不完，煩了，加上牠還不是完全的成獸，面對源源不絕的兵馬，此刻心裡竟然產生了懼意。

牠回頭便往來路奔，幾乎衝撞到施法之中的鍾流水。

鍾流水側身避開後，心中有了主意，揮手，桃花香味盈滿袖，朝饕餮的屁股灑出一把晶瑩的細細花粉，目送牠竄回涵洞口裡。

鍾流水收回他的豆兵，仰頭對姬水月說：「不能縱虎歸山，必須追！」

「地下水道四通八達，找牠是個大工程，我要立即知會王隊長，在田淵市每個涵洞口及人孔蓋旁布置警力，一見到饕餮就通知我們……」

玖・巨靈阻饕餮，香粉追獸蹤

姬水月還沒說完話，鍾流水擋下。

「妳往群青巷口的土地廟去喊阿七，沒看到人就多喊幾聲，他一定會出現，要他速來支援，我怕一個人搞不定。」

「那個廟祝？」姬水月腦海裡浮現出建築工人的樣貌。

「對、就是他，上次以元神上妳身後，跟我幹架一場的傢伙。傻子呢，以為我看不出來，『天火燎』可不是隨隨便便誰都能使出的高等法術。」

也不等姬水月有任何評論，鍾流水又說：「見諸魅，速往城隍廟，跟城隍爺說饕餮出世，他別給我袖手旁觀，該派誰出來就派誰出來，我需要人手。」

太陽穴上胎記急速剝離，暗紅色大蝙蝠學燕語呢喃，「奴家遵命。」

蝙蝠遠去，鍾流水一下鑽入涵洞裡，姬水月都還來不及跟他提醒，這樣冒失去追饕餮，實在是大不智之舉，卻沒想到身邊人影掠過，白霆雷捋起袖子也跟著竄入。

「他喵的老子可不是城堡裡呆呆等著瑪利歐來救的碧姬公主，臭神棍你給老子聽好，別以為你還可以像上次那樣把我扔開。老子偏不逃，親自去收拾庫巴大魔王！」

什麼瑪利歐什麼庫巴，聽在姬水月耳裡不啻是火星文，她哪兒接觸過時下的電玩遊戲類呢？目瞪口呆了一會兒，想起鍾流水的交代別有用意，也對，不該忘了群青巷口還有個神祕的阿七，非得請出他來幫忙捉饕餮不可。

白霆雷一頭熱跟著鍾流水鑽入涵管裡，他本來就不是會乖乖接受別人保護的個性，在近日老是被怪物追殺、又賠了老婆一條命之後，自己也豁出去了。切、他是四陽鼎聚之命，連神棍都掛保證說這命讓他很難死，就利用這優勢去跟妖怪拼命。

一爬進去涵管，很快視線就暗了下來，幸好白霆雷是警察，習慣攜帶手電筒，他用的還是那種軍用強光手電筒，抗水抗壓，扭開後，白色光柱往前直射一段距離後才開始發散，正好照到十幾公尺外有個藍色東西蠕動著前進。

「神棍！」他喊完，把手電筒丟往嘴裡叼著，手腳並用往前爬，因為涵管的高度問題，普通成年人只能以爬行的方式前進。不知為何白霆雷四肢並用一點兒也不吃力，很快就追上了鍾流水。

鍾流水於窄窄的涵管裡回頭問：「又來了你，不怕我這回入的又是地獄？」

吐出手電筒，白霆雷很生氣的說：「我想了想，要是不親自踢牠那麼一腳，不甘心！」

鍾流水罵了幾聲笨蛋，也沒拒絕，繼續往涵管深處爬行，白霆雷乖乖在後頭跟，一面在心裡祈禱，神棍我就在你屁股後面，你千萬千萬別放屁啊……

鍾流水沒放屁，白霆雷卻一直聞到桃花的香氣，雖說平日鍾流水身上也會散發，但涵管裡的味道更加濃烈，也不知道怎麼來的。

玖·巨靈阻饕餮，香粉追獸蹤

涵管裡偶爾碰上岔路的時候，鍾流水都完全不停頓，他似乎知道饕餮選擇的方向，一陣子後白霆雷終於忍不住又吐出手電筒詢問。

「神棍你走的方向到底對不對？走錯路可不優啊。」

「你聞到了沒？」

「聞什麼？」

鍾流水真想直接往後踹一腳，看能不能把笨蛋的腦袋踢得更靈光些。

「我在饕餮身上灑了桃花粉，那香味經久不散，我只要順著香味追就行了。」

「原來是這樣。」白霆雷恍然大悟，「我本來想勸你別學城市雅痞在身上灑一堆古龍水，作踐別人的鼻子……」

咚，白霆雷鼻子上真挨了一踢。

很快前頭出現光亮，是另一個涵洞口，兩人不自覺加快了速度，跳出涵洞外一看，這涵洞口居然緊臨運河，旁邊是河堤公園，公園裡意外遇見兩位熟人。

「舅舅、白叔叔，你們玩超級瑪利歐嗎？我跟章魚也加入。」放學後的姜姜同學睜著一雙骨碌碌的的眼睛，抱著濕漉漉的小狗好奇問。

張聿修同樣濕漉漉，正站在一旁撥甩髮上的水珠，露出同樣不解的神情。

誰來告訴他，為什麼應該在家裡喝得爛醉如泥、以及在警察局當差的兩位大人，會滿身泥塵的從堤岸涵洞口鑽出來？

大人的想法真是太奧妙了。

群青巷口，姬水月抱著她受傷的朱明，看著空無一人的低矮土地廟，發愁，該上哪兒去找阿七呢？

她於是試著喊：「阿七先生……」

開警車以最快時速送她來的警員小方都在哀嘆了，明明廟裡就沒人，還亂喊，姑奶奶妳追吃人猛獸壓力太大了嗎？

叫了幾聲沒有回應，她轉身正要走，背後大風颳過，手執十字鎬，一身建築工人裝扮的阿七現身。

「有何貴幹？」他問。

姬水月見到了他，不知為何，有種終於能安心的感覺，立刻把鍾流水交代的話說了一遍。

雖然跟阿七不熟，但這人的氣勢穩重，彷彿任何事情交給他辦，都一定能辦到好。她心中甚至產生了「這男人或許值得託付終身」的想法，於是就從此刻起，阿七在自己完全不知曉的情況下，成了方相氏後裔、姬水月的未婚夫候選人名單中的一員。

「我知道了，我立刻就去。」

玖．巨靈阻饕餮，香粉追獸蹤

阿七說完，揮揮手，一陣大風挾飛沙走石捲來，姬水月跟小方不得不舉臂遮眼，等風停後睜眼，人已經不見了。

小方皮皮銼，孬種的躲在姬水月後頭，抖著問：「科、科、科長，他是不是鬼？」

「是鬼，傲慢又不懂體貼的鬼！」姬水月撥撥被風打得像瘋婆子一樣的頭髮恨恨抱怨，群青巷裡，為什麼住的都是怪咖？說走就走，連個招呼都不打，沒禮貌！

就在這一秒裡，那份未婚夫候選人名單中，有個剛添上去的人名又被默默劃掉了。

姬水月坐上警車走後，阿七倏地出現，他其實是盡量避免與姬水月照面，對自己而言，官已貶，也沒什麼好失去的了，但姬水月不同，落入輪迴，便開始了新一輪的因果，他若介入她的因果，會破壞早已注定的業力。

若是能在一生一死裡把所有因果給清理掉，就透澈了，他何苦節外生枝？

撇開對姬水月的想法，他又喃喃自語，「原來是饕餮。」

他身為本市一百二十八位土地之一，與其他土地信息相通，土地們早已口耳相傳，市區裡出現了怪異的生物，有幾位土地公說那是妖獸，生長速度奇快，嗜好肉類，但沒人知道是何種來頭，但又有其他土地公認為，那並非妖獸，因為只出現在夜間，形體縹緲，或者是鬼獸，沒看見牠傷害任何生物。

不同的訊息上呈到城隍廟那裡，連城隍爺也無法判定正解，只能繼續觀察，但如今消息明朗，竟然是饕餮。

阿七心下有了定奪，舉起十字鎬往地上一敲，掐訣唸咒。

「顛倒乾坤，變易日月，蒼穹黃泉，殺貪破陣，七殺星君律令攝！」

祥光照耀，瑞氣千條，十字鎬漸顯真身，竟然是一頭身披黑色鱗甲、長有雙翼的怪獸，而這就是七殺星君所擁有的星軺。

跨上星軺朝天飛去，七殺星君沉寂人間已久，面對四大凶獸之一的饕餮，他竟開始興奮起來。

就像不久前他與鍾流水的那場對決一樣，面對爭鬥，方能讓他拋下許多隱忍的、抑制的、迷惘的、脆弱的、膽小的負面情緒，熱血沸騰才足以幫他重新活起來。

相信他胯下的星軺也是一樣。

鬼事顧問、零肆。司獸者。

【第拾章】凶眼識靈煞，桃樹藏命魂。

放學時分的姜姜最快樂了，照舊招呼著張聿修一塊兒走。在同學們眼中，姜姜跟張聿修真是感情好到不得了的麻吉，張聿修卻知道，姜姜不過是懶得走路，所以每天纏著搭便車、順道訛詐他一頓放課後的點心。

不過最近姜姜也常吆喝陸離在一起，原因？很簡單，一位曠世絕代美少年在身邊，好多女同學都會朝他們行注目禮，爽歪歪。

陸離揹起了書包，不置可否，跟姜姜接近本就是他的目的。

姜姜問陸離：「聽說你也買了電腦，晚上我去找你玩。」

「不方便。」陸離當然拒絕，不想讓姜姜知道他跟阿七住一起，因為桃仙人可能會因此有所警惕。

姜姜好失望哦，本來以為他的私人網咖可以多增加一個據點，看來還是慢慢磨著陸離好了，聽說烈女怕纏郎，姜姜什麼都沒有，唯有臉皮比人厚，相信纏久了就是他的。

因為姜姜要跟走路上學的陸離培養感情，張聿修也就被逼著牽腳踏車陪走。至於姜姜都有伴陪說話了，為什麼張同學還是無法帥氣瀟灑的自行騎車回家呢？這其中莫非有很深的友情與同學愛在裡頭？

錯了，諸君，你們都想錯了。

原因其實很簡單，因為厚臉皮的姜姜懶得提書包，就把書包放在張聿修的車子後座，如此一來，姜姜走路走得輕鬆又省事，何樂而不為？而張聿修偏又是個臉皮薄的好孩子，書包都放上來了，他也不好逼著人家拿回去是吧。

稻穆中學緊鄰市區運河，運河上堤岸旁的紅磚石步道是學生最愛走的一條路，堤岸上揚柳依依，削減了些許暑氣，姜姜就這樣有一搭沒一搭的撩撥陸離和張聿修，談遊戲談得興高采烈。

「陸離陸離，我真的跟你推薦『天穹榮耀錄』，你快加入遊戲吧。怕被欺負？放心，我『威霸傲天下』無人不知無人不曉，誰見了我都要喊一聲大哥，你認我當師父，我罩你。」

「……我不喜歡玩遊戲。」陸離就算被打死，也不會把自己就是玩家「紛吾玄雲」的事實給說出來。

「太好了，晚上我就去你家幫忙辦帳號，跟我一起在『天穹榮耀錄』裡呼風喚雨打ＢＯＳＳ吧哇哈哈～～」

陸離忍不住暗罵：姓姜的你認真點聽人說話行不行！？

無巧不巧，後頭也有人談論著同一個話題，因為「天穹榮耀錄」是目前最夯的網路遊戲之一，走到哪兒都能碰到同好。

「……再把一位因械鬥而死亡的冤魂押解下地府就沒事了，今天我一定能升到二十五級，小黑我告訴你，二十五級的大地光劍士可以使用地鱗甲來防護……」

姜姜一看，後面這兩人的衣著一黑一白，哈哈，熟人。

「小白叔叔，就跟你說『天穹榮耀錄』好玩吧。對了，你上次說遊戲裡碰上個凱子，後來怎樣了？」

小白興高采烈呢，「喔喔，那個玩家等級快四十了，我用人妖號去接近他，說可以當他的婆，聘禮就是他手中的風雪戰矛，可是他到現在還沒回應我，應該是太害羞了，唉，不是開玩笑，小白叔叔在遊戲裡可是風華絕代處處留情，追求者眾多，一上線就幾百人邀請入隊，真煩惱……」

一旁的陸離問：「你的帳號是？」

「『幻藍冰裳』啊同學，呃、你……」小白忽然住嘴，疑惑的看著陸離，怪了，姜姜身邊何時出現了這麼一位驚天動地的美少年？雖然表情平板，但眼中的冷氣足以凍死人，而且，這樣的俊逸與仙氣……

肯定不是普通人，小白迅速跟小黑交換了一個眼神。

一聲呼嘯上揚天際，黑色的煙炮於空中放射光芒，小白緊張了，說：「城隍爺緊急傳喚，姜姜、章魚、跟這位、呃、同學，改天線上聊喔～～」

就見他們氣匆匆色忙忙往城隍廟方向跑，像火燒了屁股似的，同時間陸離也頓了頓，說：「我有事，你們先回家吧。」

「噢。」姜姜隨口應了句，然後跳上張聿修的腳踏車後座，催促走了走了。

拾‧
凶眼識靈煞，桃樹藏命魂

陸離轉往偏僻的處所，輕聲詢問：「何事？」

狂風起於天空，止於身前，披鎧甲、執鋼鐧的值日功曹周登恭敬出現，對陸離說：「有強烈煞氣現蹤，卑職過去查看時，鍾將軍正與一頭妖獸周旋。」

「桃仙收服牠了？」

「那不是普通妖獸，桃仙並未順利擒下牠，而是命人請出七殺星君同行，另外通知本市城隍配合圍剿。」

陸離倒是頗為滿意，點頭說：「若是順利擒殺，能替阿七記上一筆勛績，好，我去助他一臂之力。妖獸現在何處？」

「妖獸目前隱蹤於地底，卑職立刻回天上瞭望，一有消息便來通知。」

「你去吧。」

值日功曹乘風離去，陸離又想，剛才跟姜姜談話的兩人，應是本地城隍廟派下的黑白無常，城隍廟揚起煙炮緊急招回他們，就是要去協助桃仙。動用到城隍廟人手，又向七殺星君求助，到底是哪方獸怪，讓一向最不羈的桃仙也如臨大敵？

正思考間，前頭傳來幾個女同學的驚呼，他放眼望去，好多同學指著運河中央指指點點，而張聿修不知何故跳下了運河，斜斜的河堤上，姜姜大呼小叫像隻猴子。

靠近了些去看，才發現原來是有隻大狗在運河裡載浮載沉，張聿修泳技不錯，幾下游到狗兒身邊，拖牠回岸上。

這凡人心眼兒不錯，難能可貴的是他不會仗著所學而恃才傲物，待人也謙恭有禮，不會預設立場，這點讓陸離對張聿修有著極好的評價。

張聿修游回堤岸上，姜姜立刻檢查那隻大狗，驚奇的說：「這狗好面熟，啊，是上回我想養的那隻小狗！」

張聿修跳啊跳，抖掉頭髮上的水珠，聽到姜姜說的話，真是不解，「小狗不可能長那麼快，你怎麼會認為牠就是牠？」

「味道一模一樣。」親暱的往濕狗身上蹭，姜姜信心滿滿的說。

張聿修沉默，用味道來認狗，是否、是否、姜姜你的天兵症已經無可救藥了呢？

跳水救狗的行為，在那些眼睛裡冒愛心的女同學眼中，讓張聿修好男孩的形象又更加穩固了，有些偷帶手機上學的女生們早就將帥男孩救狗的畫面傳上臉書，幾分鐘內瘋轉了數百次，張聿修就在他毫不知覺的情形下，得了個救狗哥的稱號。

畫面重新轉回來，就在姜姜老氣橫秋教訓大狗，說狗生苦短，要珍惜生命的時候，位於防洪緩坡中央的水道涵洞口突然爬出兩個髒兮兮的人，那些正瘋拍張聿修的女同學們全都嚇得花容失色，以為出現變態，全尖叫著跑走了。

拾·
凶眼識靈煞，桃樹藏命魂

很快臉書上有關水管怪人的消息又是瘋轉數百次，大家都說那兩人就是瑪利歐兄弟，從遙遠的地下水管王國現身。

「舅舅、白叔叔，你們玩超級瑪利歐嗎？我跟章魚也加入。」

鍾流水跟白霆雷也是訝異，沒想到追蹤個饕餮，居然來到稻穆中學這裡，更沒想到會這麼剛好遇上學生們放學，見到姜姜跟張聿修。

「你們先待著別走。」鍾流水說完，立刻迅速查看四周，沒有饕餮的身影，也沒有煞氣殘留，只有淡淡的桃花香味，應該是饕餮鑽出涵洞時留下的。

白霆雷也跟著左右查看，堤防邊揚柳樹下青草地都沒放過，卻沒發現任何巨獸的足跡，有的就只是普通人，以及小狗的腳印。

「你們剛剛有沒有看見任何大型動物？」白霆雷還特地比出了大致體形，「這麼大，頭上長角，凶狠……」

姜姜跟張聿修齊齊搖頭，異口同聲說：「沒有。」

鍾流水卻還是不放心，本想開天眼查看，但是天眼只對辨識虛體的鬼魅陰靈上有效，而饕餮擅長躲避，只要躲在地下，就能將煞氣掩蓋，天眼也看不出來。

「神棍你不是說，饕餮身上有你的香香粉，味道不容易散，一定追蹤得到嗎？」白霆雷滿懷希望的問。

沒錯，那桃花香粉的味道應該會持續很久才對，饕餮到底又搞了什麼手段？眼下都追到這裡來了，卻功虧一簣，禁酒七天的辛苦難道就如此付諸流水？

鍾流水滿是不甘心，往頭上望，正好見諸魅也已經從城隍廟報信回來，好，就拚上一對眼睛不要，也非把牠揪出來不可！

劍指覆上太陽穴胎記處，喝咒，「見諸魅聽令：窮我目、開凶眼！」

「是、主人。」嬌媚女聲柔軟回應。

蝙蝠貼上他的太陽穴，很快隱入皮下組織裡，往那翦翦的桃花眼裡挹注一波又一波的血液。紅，犧牲獻祭的色彩，鍾流水將自己的眼睛獻給了血瓔珞，換得一雙能看透凶神惡煞的凶眼。

他要找的是饕餮的煞氣。

煞氣，不過是一個籠統的稱呼，「煞」字上頭是刀，刀鋒煞氣凌厲，逢物即殺，煞就是帶著殺意的靈氣。妖獸的靈魂煞氣極重，所以動輒傷人、傷物，而饕餮更是凶中之凶、煞中之煞，所以為四大凶獸之一。

鍾流水是妖，也是仙，他藉由萃取自己靈魂中含煞的那一部分，混合妖物見諸魅的血，成就他的一雙凶眼，同聲相應，同氣相求，以此來追蹤天地間所有的煞氣。

凶眼流轉，仲夏之日竟隱隱有了悲秋蕭颯，他找，從涵洞口開始，煞氣極微，再到波光粼粼的運河之上，轉回來，遊過白霆雷、張聿修身上，這兩人竟不由自主退後了一步。

姜姜迎上舅舅的目光，沒感覺，也不知是因為他身為天兵，沒什麼神經，也或者因為他本身就是凶悖魂體，因此對那凶眼無感無覺。

凶眼最後落到溼答答的狗身上，大狗也被那凶眼所懾，害怕的緊窩在姜姜懷裡，鍾流水卻繼續緊迫盯狗，那狗嗚嗚幾聲躍出，姜姜還要抱牠回來，卻被鍾流水遏止。

「退後，所有人！」

狗兒體形倏然膨脹，依然是鉤爪鋸牙、角觗崢嶸，睽睽回瞪鍾流水，竟以自己的血眼與那凶眼抗衡。

這一變化讓其他人都呆了，包括張聿修。但張聿修是新一代年輕才俊小法師，有過與妖物周旋的經驗，就算心下驚駭，反射性的應對之方還是有的，立即於氣海中凝想雷符，口唸金光咒。

「體有金光，役使雷霆，鬼妖喪膽，精怪忘形，急急如律令！」

源源不絕的熱氣聚積在他的丹田之中，咒畢，熱氣衝往心臟，再化成雷簇由掌中射出，就聽萬雷奔騰，自掌中自口中噴湧不絕，金光霹靂罩住饕餮全身，就算饕餮皮粗肉厚凶氣十足，被這雷光扣下，竟也覺得疼痛難當。

這是張聿修家傳絕學雷厲光，原本少了配合的咒語，無法發揮全部的威力，但張聿修由鍾流水那裡獲得了金光咒，兩相配合，雷厲光重現天日，張聿修有了這絕招在身，難怪面對饕餮也有恃無恐，爭先出頭了。

饕餮忍痛於霹靂光中猛掃尾巴，牠的怪力讓優美的楊柳堤岸一下子飛砂走石，張聿修、姜姜、甚至是白霆雷，都因為這怪風而往後滾了幾個跟頭。

風息，饕餮身上的霹靂光芒已經消失，牠噭噭低吼，譏誚張聿修的自不量力，即使學會雷澤中雷神鼓腹以擊出雷光，但人類畢竟是人類，引出的雷光怎麼樣也比不上真正的雷神，瞧，牠幾下就忍過了。

轉身，饕餮的犄角朝著白霆雷滾倒的方向，牠對白霆雷的執著心既恐怖又異常，劃蹄數下後衝刺，就像白霆雷身上帶著圓心標靶。

鍾流水斜刺擋來，臨空書寫元君六甲符，口唸九字咒。

「臨、兵、鬥、者、皆、陣、列、前、行！」

簡簡單單的九字咒，源自奇書《古靈寶經法》，古代入山者必時時唸誦，借用戰陣的威能以臨精邪，避開山中的猛虎蛇龍。當九字咒唸完，就見河中噴雲噯霧，堤上播土揚塵，陣戰五星之靈降臨。

虛星為刀，氐星為弓，熒惑星為矢，角星為劍，張星為弩，參星為戟，星辰之力大無際，五兵的攻擊讓饕餮覺得痛，牠跳著、嘶吼著、漫無目的亂撞亂衝，牠是發瘋的野馬，恨不得找座大山撞倒，鬆脫身上那些切割的武力。

拾・凶眼識靈煞，桃樹藏命魂

鍾流水似乎暫時制服下這頭凶獸了，張聿修及白霆雷都這麼想，甚至連遠處偷窺的陸離也以為是這樣。

但是變化急轉直下，鍾流水突然間發出悲鳴，雙手摀著眼睛，臉上滿是鮮血，就像水從兩汪深潭裡漫了出來，汩汩不絕，驚心動魄。

九字咒破解，饕餮重獲自由，刀劍加身的危機因此解除，牠甩甩身子抖抖毛，重新君臨天下。

姜姜和張聿修都呆住，一個喊舅舅、一個喊鍾先生，兩個都想衝過來，但是饕餮擋在中間，而離鍾流水最近的是白霆雷，見人搖搖欲墜，立刻連滾帶爬過去撐住人。

「怎麼回事，神棍你！」

鍾流水不說話，卻心知肚明，圓光術屬仙人的法術，凶眼則凶氣瀰漫，兩者在短時間內於同一雙眼睛裡流轉，必定會起暴衝，也多虧了他亦仙亦妖的本質，化解了其中一部分的排斥，要不，這雙眼早就爆掉了。

饕餮見機極快，發現威脅解除，呼一聲鉤爪往白霆雷背部撈來，竟要挖出他的心臟來啃，張聿修在後頭看得清清楚楚，但他剛施展過雷厲光，消耗靈力極重，一時間竟無法可想，只能發聲警告。

「白先生！」

白霆雷也聽到後頭風聲有異，正要回頭看，鍾流水已經抱人滾入饕餮下方，他劍指比天，背後飛起一柄暗紅清香桃木劍，劍身五色彩光盎然，正是他的桃木神劍「萬鬼敵」。

轉腕畫弧，劍刃嗡動，一圈圈光華外溢，「萬鬼敵」劍氣盎然。

饕餮沒想到鍾流水會不退反進，鑽到自己下方，更沒想到對方身上還有武器，就覺得肚子一痛，劍尖抵上牠腹部，牠凌空再度拔高身形，一竄跳往十幾公尺之外，險險避過開腸破肚的危機。

銅皮鐵骨如牠，本不該懼怕一般的兵器，就算是仙器也一樣，但面對「萬鬼敵」，牠忌憚了，區區一把木劍，居然能對牠造成傷害。

牠不知道「萬鬼敵」原是一根桃木棒，四千年前被寒浞取來打死了夏朝的后羿，後來被製成桃木劍。一般而言，只要是殺過生的器械，就帶有煞氣，殺過鬼神或星宿的兵器，更是煞中之煞，這桃木棒沾過天神后羿的血，因此是天下至煞，煞能敵煞，因此才能對饕餮造成威脅。

饕餮不甘心，再朝白霆雷猛吠，牠還沒恢復為成年體型，鉤爪巨牙也未到無堅不摧的地步，或者先逃好了。

反正牠已經見到了……

一舉躍上楊柳樹，靈活的牠竟能藉著樹梢的反彈力跳飛而去，如同背上長了翅膀。

白霆雷掙扎著從地上坐起，檢查鍾流水的眼睛，就見他滿臉血汙，握劍的手也全是血，藍衣

拾・凶眼識靈煞，桃樹藏命魂

上斑斑點點若桃花落片。

「哇啊啊，舅舅瞎啦~~」平日對舅舅有無窮信心的姜姜也慌了，抓著張聿修哇啦啦大哭。

「我叫救護車！」張聿修就要跑回學校打公用電話，他這人守規矩，學校規定學生不許帶手機到學校，所以他身邊沒電話。

鍾流水倒是不慌不忙，對張聿修說：「立刻帶姜姜到你家去避一避。切記，遇到那妖獸就立刻遠逃，絕不可力拚，那不是你們對付得了的妖獸。」

聽鍾流水說得嚴重，張聿修也不敢多問，立刻拉著姜姜要走，姜姜擔心舅舅，不想走，鍾流水搖搖頭。

「瞎不了，放心。」

終於姜姜被張聿修半拉半扯著走了，留下一個手足無措的白霆雷，與滿臉血的鍾流水。

「神棍，我知道你是在孩子面前硬撐，但眼睛傷成這樣，還是去醫院保險些。」

「……欺人太甚！」

「什麼？」

「我說饕餮欺人太甚！」

「呃……」白霆雷都不知道該說些什麼了。

鍾流水從耳後抽出一根桃枝，一口氣插入地下，粉色光華於沒入處迸射開來，分散成為極細極細的光絲，不斷的在空氣之中凝結、融合、又迸散、再融合。

桃枝頂端開始冒出細細的、綠綠的芽，枝條舒發，白霆雷覺得屁股下有東西頂著，低頭看，土塊隆起，更多樹枝破土而出，沿著身周開枝散葉，繁花似錦，清香滿天火舞紅嫣，微風颳起，又見落英繽紛。

白霆雷與鍾流水被一株大桃樹給包護著，他們坐在花叢之中，於搖籃中棲息。

「這、這、這……神棍、這、樹？為什麼是樹？你的眼睛、醫院、不要樹也不要花……」

好吧，白霆雷語無倫次了，為什麼是桃花樹？好多好多的花，紅得他眼睛痛。

鍾流水安靜入定，呼吸綿綿若存若亡，專心一意聚元神。元神指的是智慧之物的先天性體，鍾流水既然已經是仙人，也就隨時隨地能打開頭上的天竅，自由出入身體。

如今他身體受損嚴重，那就改由元神應戰。

白霆雷看見受傷的人發出燦爛光芒，眩得他眼睛幾乎瞎掉，很快光芒散去，他身邊站著隱泛金光的鍾流水。

揉揉眼睛，既然鍾流水好好的站在旁邊，那慘不忍睹躺著的這隻又是誰？

「笨蛋，這是我的元神，等於是一個人的靈魂，上次這元神還跑到你身體裡，跟骷髏頭親過嘴，你忘了？」金光閃閃的鍾流水一撇嘴，說。

成功讓白霆雷想起過往不堪的傷心往事，只是，再怎麼傷心都過去了，人要往前看是不是？

他現在只是訝異，從來沒想過有人可以讓靈魂自由進出身體。

噢、對了，鍾流水不是人，是魔鬼。

鍾流水指著桃花樹說：「這是桃花藏魂保命陣，強力的防禦陣法，待在這裡頭，沒人能傷得了你，除非你嫌命長自己跑出去。」

白霆雷頗為感動，「神棍你對我真好，我不再喊你神棍了。」

「我是要你好好看著我的身體，在我回來之前，你都不准踏出藏魂保命陣一步！」鍾流水惡狠狠的說。

「知道了。」白霆雷含淚，神棍永遠是神棍。

「對了，脫下你的衣服。」

「幹嘛！？」白霆雷一驚。

「叫你脫就脫，囉嗦什麼！」

「你你你、官老爺強搶民女都沒你狠……輕點輕點，別撕壞！」

最後鍾流水順利脫下白霆雷外衣，讓可憐的他在即將入夜的河堤邊忍受寒意。

鍾流水強搶民女、不、強搶民男的衣服，當然不是單純的想欺負人，抖衣衫，讓白霆雷往衣服上吐口氣，又在上頭書寫替身符，敕替身神咒。

「替身代身，此衣作汝身，汝等同時同日同月同年生，大山刑此身、大海剋此身，神兵火急如律令！」

白霆雷當下打了個寒顫，也不知是怎麼回事。

鍾流水滿意了，說：「饕餮老愛追著你跑，這原因值得深究。總之這衣服如今有了你的氣與魂，在他人眼裡，它就是你，可以靠它把饕餮給引出來。」

白霆雷還真不信呢，那就是一件衣服，即使已經沾上了無數塵土、以及下水道裡的陳年水漬與汙垢，那還是一件衣服。

「信我得永生。」

「別家宗教的台詞，神棍你幹嘛用得理所當然？」

「電線桿上常看到這些字，我還以為是天上哪個神明來世間留言。」

白霆雷決定不吐槽了，這些鬼啊仙啊，見識上也有相當程度的問題。

鍾流水跳出桃花藏魂保命陣後回頭，白霆雷傻傻的望著呢。嘖、這小子可別耐不住性子跑出陣，饕餮的凶猛，連他也沒把握對付。

白霆雷乖乖待在桃花藏魂保命陣裡，很快就膩了、煩了，天色暗下來，有些冷，臭神棍扒衣服扒的還真是時候。

「哈啾！」口水噴到鍾流水無神的臉上了。

拾・
凶眼識靈煞，桃樹藏命魂

活該，偏不給擦，讓神棍也吃吃老子的噴嚏。

神棍這時候的樣子挺可怕的，眼皮微垂，平日流動靈活的桃花眼，如今沉寂只若死水，俊俏的容貌早被血汙覆蓋，讓人聯想到死亡。

「你沒死、你沒死、你真的沒死……」白霆雷喃喃自語，也不知是給自己打氣，還是給鍾流水打氣。

「哈啾！」繼續打噴嚏，好冷，嗯、反正神棍跟死了一樣，借用他的衣服穿穿，應該無傷大雅吧。

低頭看……算了，打死他也不穿這怪裡怪氣的藍衣服。

等等、他一直對某件事好奇，趁著現在神棍靈魂不在家，就來釐清好了。

脫神棍衣服——

「唉唷唉唷雷霆君，你想對奴家親愛的主人做什麼？」見諸魅焦急問。

白霆雷抖一下，大動作轉頭望，沒看見大蝙蝠的影子，奇怪了，見諸魅躲在哪裡？

肯定是太冷導致幻聽，繼續脫，把神棍那髒到已經看不出原來色澤的外袍輕輕往下拉，露出滿是擦傷的肩膀及後背。

果然——

神棍太陽穴上的胎記浮現，暗紅色大蝙蝠剝離出來，白霆雷都呆了，指著見諸魅喊：「原來妳躲這裡！」

「對主人不敬，就算是霆雷君，奴家也必須施加懲戒，得罪了！」

蝙蝠的小爪子猛往白霆雷臉上抓，白霆雷忙護住臉，哀哀急叫：「我沒有不敬啊，住手！」

「奴家不信，奴家一定要向主人稟明，霆雷君意圖……」

「吼、我只是要看他背後的刺青啦！」

蝙蝠到底以為他想幹什麼？

氣憤的用力把藍衣下拉，背上光芒上沖，白霆雷偏頭避過，光芒很快散去，他再細看，鍾流水背上果然刺有兩位怒眉豎目的武士。

兩武士袒胸露乳虬鬚黑髯，分站左右一如門神，正是白霆雷見過的神荼、鬱壘。他再回想上次神荼、鬱壘出現的經過……

誰他喵的過來講解，為什麼刺青跟胎記放在神棍身上都能活體化？老子是不是也學他在身上紋個美女，天天抱著睡覺？

猛然間眼角瞄見個怪東西，是錯覺吧？他揉揉眼睛，又盯著刺青看了一會，依稀彷彿神荼、鬱壘對他眨了眨眼睛。

有夠毛骨悚然。

還是速速幫神棍把衣服穿好，那兩位仁兄的外貌太醜怪，看久了傷眼。

拾‧
凶眼識靈煞，桃樹藏命魂

「喵嗚。」

貓？

從離地兩公尺的桃花樹上往下瞭，挖操又是那隻陰魂不散的虎斑貓，田淵市居然小到讓他到哪裡都能跟這隻貓不期而遇。

「走開！」他揮手驅趕，這隻貓就跟某神棍一樣，老是給他帶來肉體上與心靈上的傷害。

「喵嗚。」貓咪跑到桃花樹下要磨爪子，一碰到樹幹，突然火光劈里啪啦，就跟電線走火了一樣。

貓兒身上的貓毛全都立了起來，牠身上冒著焦煙，卻弓著背與樹幹對峙起來，研究這樹怎麼跟其他的不一樣。

「不想被電死就快滾！」白霆雷大聲驅趕，跟這貓也沒啥深仇大恨，怒叱裡其實帶了七分的提醒。

那貓兒繞著桃花樹轉了好幾圈，嗅了嗅，退開來仰頭看，前近來細細看，認真研究了好一會，不死心，又拿爪子往樹幹上頭按了一下，果不其然又是電光閃閃，牠慘叫後震出好幾公尺之外，貓毛這回全捲了。

「笨貓啊你，神棍說這是桃花什麼什麼陣，你真的別再靠近，去別地方找母貓玩。」

虎斑貓蹣跚歪斜，受傷了，後退幾步又弓腰，一看就知道還打算撲來，白霆雷緊張的放下鍾

流水，跳下樹要阻擋，就在他穿過桃花枝葉之間時，聽見有線崩斷的聲音，同時間桃花樹劇烈搖晃，厲嘯高亢瀰瀰。

不妙，他好像忘了某件事。

落地一看，貓眼裡刁滑藏奸，他怒了，這貓居然用苦肉計吊他出來！

「又陰我了！你到底要怎麼玩我才甘心？」

貓咪嘴角鬍鬚微揚，接著貓吼連連，招喚著誰來。

寒意起，腥味濃濃，白霆雷對這情境全然不陌生，回頭魅影撲面而來，當頭咬下。

他的夢魘成真了，他將被一團魅影給吞吃，吃得徹徹底底。

鬼事顧問、零肆。司獸者。

【第拾壹章】星羅雲布網，炳曜星焰燎。

鍾流水的元神正站在全市最高的大樓頂上，靈氣逼人，飄飄若幻。

此時此刻最怕饕餮凶性大發，於市區內擾起一片腥風血雨，但若是真的如此，牠的煞氣也絕對藏不住，所以鍾流水爬了三百六十公尺，在第八十八層樓上的尖錐形避雷針旁，將市區一覽無遺。

夜晚的城市是美麗的，星光點點下凡間，裝飾每一棟樓房、每一條路上，每棟建築就是一座燈山，每條道路都是一條銀海，市區的夜晚，總是比白日來得繁華。

要在萬家燈火間追逐饕餮的煞氣有些困難，鍾流水只能瞇著眼找，鉅細靡遺，絕不能出一絲一毫的差錯。

無預警的，城市燈光一盞盞暗了下來，黑暗區塊逐漸變大，像瘟疫一樣迅速傳染開來，很快整座城市都暗淡無光。

停電？

覺得不對勁，鍾流水乾脆抬腳跳下去，對、沒錯、從三百六十公尺高、八十八層的樓頂跳下，姿勢優雅自然，就像他現在做的事情並非跳樓，而是遊玩。

「我的字典裡沒有放棄，因為已鎖定你……奇怪，我為什麼還沒忘記這首歌？餘毒可議……算了，當作是送給饕餮的葬曲。」

看看就快要到樓底，他於頭上寫一個「飛」字，朝下寫一個「浮」字，吸東方一口氣，口唸

拾壹・星羅雲布網，炳曜星焰燎

飛浮獨勝咒。

「欲能飛步，雲襯不停，急急如律令！」

樓面強風化為有形的托力到他腳下，墮勢減緩了，這是仙人飛浮術的效果，最適合用於渡江、渡海，跳樓卻略嫌托力不足，他於是再拿出一朵桃花，吹口氣，喝聲長，桃花變成了一把綠枝桃花傘。

他飄蕩如蒲公英種子，風到哪兒他就到哪兒，最後落到大樓底層，收傘，皺眉。

鬼氣瀰漫，所有車輛都停在了路邊，逛街或是散步的行人全都低著頭晃蕩，姿勢僵硬又怪異，跟殭屍差不多。

他隨手抓住一個經過身邊的人，發現這人眼裡沒有瞳孔，竟是卡陰的症狀，也就是俗謂的鬼上身。

卡陰並非什麼不尋常的事，一個人逢到運勢低、或者得罪了鬼物、或者碰觸不該碰觸的東西，自然容易被鬼上身，但城市人多陽氣旺，鬼物自然少，要卡也就卡幾個倒楣人而已，卻不會像現在這樣，全市人都被卡了，再說，又哪兒來那麼多的鬼卡人？

除非是「鬼陣」，他想。

要布「鬼陣」，必須找到法院、警局、監獄、寺廟等等滿含陰陽煞的地方，以陰陽兩界符隔開與外界的連繫，就能製造出小範圍的鬼域，這時若把無主孤魂打入鬼域裡頭的活人身體裡，那些人就會被鬼魂控制，唯布陣者的命令是從。

想製作出田淵市那樣大區塊的鬼域也不是不可能，只是普通人辨不到，除非……

街上迅速出現兩道身影，倉倉皇皇氣喘無比，好像正趕著什麼急事，鍾流水叫住他們：「小白小黑！」

小白停下朝他作揖敬禮，「正要跟將軍報告呢，城隍爺領了文武判官、十八羅漢，借城隍廟陰陽煞氣，替田淵市布置鬼陣，我跟小黑也往地府商借了一百六十萬條魂魄，打到市民身體裡，因為饕餮不吃死人，見到他們死氣沉沉，以為全是鬼，就不吃了。」

這一招連鍾流水都不得不佩服，再說了，全然黑暗的都市裡，只要煞氣一起，便如皓月掛天明顯。

小白還有但書，「城隍廟陰陽煞氣有限，頂多支撐一個時辰，請將軍把握。」

「承恩了，代我向城隍道一聲謝。」

「老爺子說，等這事完了，將軍過去喝杯酒啊。」小白說。

鍾流水點頭，突然間西邊方向暴起一波銳利如刃的戾氣，正是饕餮之氣。

「那邊！」他拔腿急奔，一刻也沒停留。

「將軍加油，愛老虎油！」小白拉著小黑在後頭吶喊助威。

鍾流水邊跑邊想，愛老虎油是什麼意思呢？想不通他就不想了，很快聽到狺狺怒吼，就見饕

拾壹．
星羅雲布網，炳曜星焰燎

饕發狂衝入市立動物園內，這裡是如今唯一讓牠感覺到有生氣的地方，因為鬼魂只入人身，未入其他動物體內。

吐著猩紅舌頭喘粗氣，受創的牠如今只想飲生血吃生肉，園區裡的小鹿小羊雖不中牠的意，但是田淵市裡牠卻看不到一個活人，也就只好屈就了。

躍過欄杆鉤出公獅子的心臟吃了，低頭又骨嘟嘟猛飲熱血，一旁母獅小獅直顫抖，饕餮就是牠們的天敵，一見到就腿軟，想跑也跑不掉。

鍾流水趁饕餮專心吃食，飛出他的桃木劍「萬鬼敵」，劍身開始彎曲成弓，弓身上頭有幾個古篆體，卻不知寫的是什麼，接著弓柄長出花蔓成弓弦，他又從頭髮裡挑出一根細長桃枝揉成箭。

饕餮銅皮鐵骨，他要借天雷除之。

搭箭、拉弓、弓身上古篆體發出亮晃晃的金光，奔雷咒出，雷電降臨。

「召汝雷神，奔雷奉行，神兵火急如律令！」

天空中濃雲瞬間密集，雲中悶雷每一轟響，紅光便映染烏雲，饕餮覺得有異而仰頭看，卻見飛火落下直擊箭簇，轟一聲起火燃燒，這是天上雷火，而非凡火。

紅光照耀鍾流水仙靈俊秀的臉龐，他又唸：「霹靂借神威，萬邪不敢生，神兵火急如律令！」

箭枝雷霆萬鈞朝牠發射，滾滾天威讓饕餮躲避無能，箭簇噗一聲刺入牠腹脅，雷火暴燒。

「嗷嗷！」饕餮吃痛大叫，朝地翻滾，這一滾竟把箭枝帶了出來，鍾流水大驚，這表示箭簇入體並不深，饕餮的銅皮鐵骨居然堅韌到連天雷都無法完全穿透。

他狠狠的說：「沒關係，一箭殺不死你，我就二箭、三箭、直到穿心為止！」

正要再借天雷，怒火未歇的饕餮已經朝他撲來了，鍾流水飄然避開，再拉弓，沒想到饕餮這一撲卻是虛招，趁鍾流水避開的空檔，牠一轉身逃出動物園，找到另一個人孔蓋後撥開躍入。

「又來了，你是饕餮，不是下水道老鼠！」鍾流水在後面追著罵。

正要跟著鑽入，東方天空出現紫色仙氣，那仙氣逐漸擴大成光圈，炎炎如火輪，火輪之中蹄聲得得，飛出一頭黑色鱗甲的翼獸，牠飛到鍾流水頭上，背上馱一位威風凜凜的青年。

「我來了。」阿七說。

鍾流水正要開口，西方天空也出現了紫色仙氣，祥光燦燦，下降到鍾流水身前，年少神仙斜坐在一頭生翼狼獸上，姿態靈秀有如紫水晶，微笑清逸若染淨琉璃。

「貪狼星君？」對他的出現，鍾流水大感意外。

「聽聞饕餮出世，本星君願助一臂之力。」貪狼星君說，態度一如以往倨傲。

鍾流水一聽便瞭解，貪狼星君平日自恃出身高貴，不願踏足凡塵俗世，如今風塵僕僕趕來幫忙，總還是為了阿七吧。

「素聞殺破狼三位星君為莫逆之交，情若手足，看來是真的。」鍾流水一笑，問：「主攻還是助攻？」

「我助他主。」貪狼星君看了一眼阿七，說。

果然是想幫阿七添功勞，好助他早日調回天庭去，哦呵呵他鍾流水樂見其成。

從懷中拿出白霆雷的髒衣服，鍾流水笑著說：「饕餮鑽入地底，我正缺人手趕牠出來呢，就煩勞星君到下水道裡，用這件衣服引誘牠出來，因為饕餮對衣服主人有病態的執著。」

「下水道？」貪狼星君高貴的臉都擰了。

「請。」鍾流水指著饕餮剛剛鑽入的人孔。

阿七知道貪狼星君有潔癖，鑽入漆黑骯髒的下水道大違他本性，忙說：「我來……」

貪狼星君搶過那件髒衣服，化成紫氣飛入下水道裡，阿七無奈，也只好騎著星軺飛上市區俯瞰。

黑漆漆的地面上，依序閃過一道又一道的紫光，那光芒是從各個下水道孔蓋篩漏出來的，明示了貪狼星君的逡遊路線。

鍾流水沒有會飛的坐騎，便自動留在地面，這時發現見諸魅飛來，上氣不接下氣。

「主人、主人啊，不好了，霆雷君他……」

「饕餮回去攻擊他了？不可能，桃花藏魂保命陣能將他的氣息完全掩蓋，除我之外，誰也找不到他，除非……」鍾流水跺腳，「笨蛋跑出去！」

「正是，他被吞了呀，怪獸……」

拔腿急奔，兩下便已經風馳電逝的離遠，見諸魅嘟囔，唉唷主人也不讓奴家搭個順風車，奴家飛得累呀～～

運河堤岸旁，桃花如團錦簇嫣然，雖說鬼陣吞滅了市區所有燈光，但這桃花是由鍾流水的仙氣產生，鬼陣掩蓋不了其光芒，就見一點一點的粉紅幽光於河邊悠然搖晃，獨散熒煌。

鍾流水趕到桃花藏魂保命陣前，一看之下也錯愕了。

他看見了什麼？

在一團隱隱約約的霧氣裡，有一頭白質黑紋的怪獸，牠人立在白霆雷身後，咬扣著他的後腦勺，死也不肯放。

白霆雷怎麼甩也甩不掉後頭這東西，也不確定利牙是否穿透了頭骨，就覺腦袋發疼，怪獸體型龐大又壓得沉，他如今還能站著已經是奇蹟了。

一見到鍾流水，知道救星來了。

「神棍神棍，快、丟符抽鞭甩花劍，隨便什麼方法，把我後頭的東西弄走！」

鍾流水卻是失魂落魄，完全沒聽白霆雷講著什麼。

拾壹・星羅雲布網，炳曜星焰燎

「弄不走？」白霆雷慌了，咬他頭的到底是哪種棘手怪物啊？

鍾流水依然意外驚愕著，這怪獸的出現讓他措手不及，他根本還沒有心理準備見到牠……

「神棍！」白霆雷都生氣了，喂，有怪獸要吃他！

「……我終於知道那隻饕餮怎麼來的了。」鍾流水終於回神說。

「別管饕餮，先來管我！」

「喔、會痛一下，一下就好了。」

看來神棍打算出鞭子來抽怪獸，白霆雷安慰自己，忍耐些，就算神棍不小心抽到他，也要咬牙忍耐那痛，保住命要緊。

「嗯、你就吃了他。」

挖哩咧有哪裡不對吧？

白霆雷驀然發覺，神棍說話的對象居然不是他白霆雷，而是後頭的牠！？

滾滾長江東逝水啊有木有，浪花淘盡草泥馬啊有木有！白霆雷悲涼到決定破口大罵了有木有！

「你他喵的神棍居然出賣老子？老子死也不瞑目，瞑目了靈魂也不投胎去，天天去桃花院落鬧你、吵你、恐嚇你、喝光你的酒……」

真吵啊，鍾流水掏掏耳朵，「吃乾淨一點，吃快一點，我還有事忙。」

白霆雷還沒罵完呢，怪獸身軀卻脹大了，大口將他囫圇吞下。

這一吞，除了血肉之外，連同白霆雷的怨懟、憤懣與驚悸都包容，白霆雷就這樣被擠入一個柔軟的空間裡，成為被困入琥珀海洋裡的小蚊子，卻又好像重回母體，琥珀色的海洋是羊水，將他牢牢定著。

琥珀色的海洋外，神棍似乎淒愁、似乎無動於衷、又似乎正在淺淺嘆息，白霆雷卻不懂這一切，為什麼救了他好幾次的神棍突然在這裡撒手不管他了？

他做錯了什麼？他現在開始改還不行嗎？神棍你——

琥珀海洋突然大放光明，散為無以數計的光點，這些光點像螢火蟲，一隻隻鑽入他的毛細孔中，他的身體也跟著放光，澈天澈地，光焰萬丈。

於是乎，頭不痛了，背也不重了，白霆雷訝異的站在桃花樹前，不懂怪獸怎麼消失了，他看著鍾流水，又覺得這視角很奇怪，鍾流水變高了。

一切一切的疑點他都想要問個清楚，一張口，「吼吼吼吼吼吼吼～～」

啊啊他又不會說話了！！！作夢、一定是作夢，白霆雷急得要撓頭，一看手，毛茸茸有肉球，歐買嘎，他又變成一頭白色黑紋大老虎了！

「吼吼吼吼吼吼！」神棍這怎麼回事，我又到你夢裡去了嗎？

鍾流水過來摸摸他的頭，臉上那是春山含了笑，春光爛了漫，春色融融到人間。

拾壹‧
星羅雲布網，炳曜星焰燎

「好白澤，乖。」

「吼吼吼吼吼吼吼～～」你才是白澤，你全家都是白澤！

背一沉，神棍斜坐上他的背，白霆雷更怒啦，又跳又彈就想把人給甩下來。

頭頂上又是溫柔手掌撫下來，春天的氣息順著毛髮滲入他腦袋裡，柔軟的春意充滿他身體，他焦躁的心都舒緩了，嗷嗷嗚嗚，突然覺得不需要再那麼生氣了。

「這次你可真的回來了。」

「嗷嗚～～」

「有話想說？」

「吼吼吼吼吼吼！」老子要是能說話，早就罵遍你祖宗十八代了！

鍾流水抿嘴忍笑，唉呀呀白澤又鬧彆扭了，鬧彆扭才好，鬧彆扭才有調教的空間，調教才有欺負的樂趣。

前方天空紫光乍現，像誰放了個沖天炮，鍾流水認出那是星晞，天上星君們傳遞訊息的一種手段，就跟軍隊裡使用的信號彈差不多。

「阿七找到牠了，走！」鍾流水撥撥虎頭，示意白霆雷行動。

「吼！」老子不走，除非神棍你下來！

「現在真不是鬧彆扭的時候，跟你同歸於盡的饕餮也活回來了，你不找牠，牠也會來找你，要不為什麼好幾次牠只追著你跑？以為你屁股迷人嗎？」

白霆雷不罵鍾流水的祖宗十八代了，改罵饕餮的祖宗十八代。

「好啦，等殺了饕餮，牠的眼珠子我們一人一顆，你愛左眼就給你左眼，要右眼就給你右眼。」

這還差不多……等等、我才不吃眼珠子，左眼也不吃、右眼也不吃！

「說定了，這就走。」

鍾流水用力一掐，白霆雷虎屁股上吃痛，甩尾撒足往前狂奔，這一奔起來真是乖乖不得了，快如疾射的流星，迅若猛衝的鶻鳥，往星晞的方向去。

這城市的汙水與雨水下水道合起來的長度，比地面上的道路還要長個兩、三倍，迂迴曲繞有如迷宮，受了傷的饕餮於水道中亂行，藉著上頭的土層掩蓋煞氣，不讓敵人發現牠。

牠邊跑邊想，回憶潮水般捲來。

數千年前牠於地上橫走，不知道自己是怎麼來到世間的，也不知道該往哪個方向去，牠只知道餓了就要吃，累了就要睡，人們都喊牠是饕餮。

數百、數千、數萬個人類聯合起來都殺不了牠，牠天生就是人類的天敵，人類是牠最愛的食物。

拾壹・星羅雲布網，炳曜星焰燎

吃了那麼多人，身上也有了人類的靈氣，漸漸聽得懂人語了，很多人說牠是蚩尤的頭顱所化，蚩尤是天上地下所曾有過的最偉大戰神。

蚩尤是誰？

還沒找出答案就有天上的仙人來圍剿牠，仙人不同於人類，厲害法門千奇百怪，但牠不怕，吃千人所累積的靈氣，就能凌駕屍解仙之上，吃萬人能與地仙抗衡，至於天仙，比較難纏些，但若是再累積更多靈氣，相信他們也不會是對手。

然後牠遇見了勢均力敵的神獸，是一頭白色老虎，叫做白澤。

與白澤那一戰，兩獸殺的是乾坤顛倒宇宙昏黃，咆哮聲震動天地，勾抓處地形全變，兩獸鬥爭讓高山碎斷、河流繞轉，黎民凋殘，天地同悲。

誰也不是誰的對手，誰也讓不了誰。

然後，白澤使出了卑鄙手法，釋出魂魄將牠困住，兩獸同歸於盡，直到現在。

雖然數千年來的封印耗損牠累積過的所有靈氣，但牠還是自由了，牠終於可以繼續數千年前未完成的志願，牠要找到蚩尤，看看他是怎麼樣的一個人。

牠發現白澤很早就再生了，再生成一個軟弱的人類，牠聞得出那味道，就是他，沒錯，得趁他還沒茁壯之前，就一口吞吃掉。

涵管前方有紫氣一閃，現在牠又聞到轉生成人類的白澤味道，他來了。

立刻追逐紫光，但紫光行動迅速，牠拼了命的追也追不到，直到跑出涵洞口，牠看見紫光浮於河流之上，露出一個少年的臉。

少年笑了笑，一旁飛來長了羽翼的狼獸，正是貪狼星君與他的星軺，星軺橫身把饕餮撞到河裡，饕餮掙扎了一下，又從水中露頭，星軺繼續過來咬住牠喉嚨，竟要把牠拖上岸去。

饕餮鉤爪揚起，星軺腿上中了三爪子，痛嗷呼叫，那傷處爪痕深刻，幾乎就要見骨，饕餮的鉤爪利牙跟蚩尤齒同個性質，削金斬鐵輕而易舉。

「星軺，回來！」

貪狼星君召回星軺，左手向上發射星晞，右手灑出星羅雲布，一把網住饕餮撈起來。那星羅雲布是天河織女織成的雲錦，墜以二十八宿星石而成，大羅金仙十八羅漢要被罩住，都得打掉五百年道行。

二十八種星石，二十八種力量互補有無，讓雲布毫無縫隙，但饕餮的鋸牙有戰神的鬥氣，在裡頭不停的咬啊咬、扯啊扯，不久後居然撕出了一個破洞，貪狼星君緊急收網，半空中饕餮鑽出洞外躍下地面。

這一來一往，也就激起了饕餮的凶性，牠是蚩尤的一部分，自然承襲蚩尤我命由我的性格，牠再也不想躲了，牠要登上最高處，昂首嚎叫，聲波射向無邊無際處，讓天下眾獸眾人感受牠的怒氣，臣服牠的腳下！

拾壹・
星羅雲布網，炳曜星焰燎

牠竄房越脊如履平地，黑暗裡目光如炬，眼力最厲害的鵰鴞也比不上；牠又往最高的那棟樓去，就算知道背後有兩道紫光如影隨形，也不怕。

貪狼星君與阿七分騎星軺於後頭追逐，阿七雙手合抱虛圓，巨大火球凝結於胸，滾滾焚風洶湧，火球朝饕餮射出。

天火燎！

饕餮回身迎吼，聲波化為巨大的空壓，有如刀鋸剮著人的耳膜，大樓、地面都隱隱晃動。這聲波阻擋了火球的來勢，消磨著火球的尺寸，聲停，火止。

「好強烈的聲煞。」阿七訝異了，說：「用星羅雲布來網！」

「星羅雲布擋不住牠的牙齒！」貪狼星君答。

一聲虎吼後有獸奔來，聲勢隆動，身上是罕見的白質黑紋，琥珀色眼珠如焰，鍾流水愜意側坐上頭，如煙波釣叟，傲煞人間萬戶侯。

阿七跟貪狼星君同時想，桃花仙哪裡牽來的虎獸？很快他們同時猜了出來。

「白澤！」

猜出了一個答案，卻又牽引出其他疑問，所有仙人都知道，白澤神獸在數千年前就跟肆虐人間的饕餮同歸於盡，此後沒再聽過現身，那麼，眼前這白澤怎麼來的？

而饕餮同時降臨，或者、答案再明顯也不過。

「這隻饕餮原來是蚩尤頭顱化的，非殺了牠不可。」貪狼星君說。

就這麼一句話的工夫，鍾流水與白澤已經越過兩人，看見正往高樓攀爬的饕餮，好奇的問：「兩位一主攻一助攻，怎麼閒在這裡嗑瓜子聊八卦？」

阿七臉一紅，貪狼星君卻是不慌不忙說：「饕餮厲害，我們倆束手無策，就等鍾將軍來幫手。」

鍾流水聳聳肩，「這可為難了，饕餮皮厚，我借了天雷都打不死……或者炳曜星焰……」

阿七面有疑難：「柄曜星焰為飛星之火，貿然使用，田淵市會滅絕。」

「多餘的，我負責吃下。」鍾流水又拍拍白澤，說：「追！」

白澤——也就是白霆雷，腦內的意識一半被白澤占據，想都不用想就知道該如何做，如生飛翼攀上大樓外牆，每步都讓經過的玻璃帷幕爆裂，滿天碎玻璃嘩啦嘩啦散。

饕餮發現到天敵追來了，甚至連那個拿鞭子抽牠、拿劍砍牠，又拿箭射牠的仙人也湊到了一塊兒，又恨又氣，加強速度垂直朝上跑，視地球重心如無物。

饕餮衝上樓頂之後並未減速，直往上方暴騰了數十公尺，白澤跟著追上，就在鍾流水往外跳上頂樓的時候，兩獸已經在空中相撞扭打，獸吼連連火水濺濺，火是兩獸的爪牙相擊時迸出的火花，水是扯咬時噴灑的口涎，幾下交手後又同時落回樓頂。

鍾流水站在樓角處，拉弓搭弦，朝上頭的星君喊：「來！」

阿七捏星訣，唸柄曜星焰咒，「天之靈光，地之精光，炳曜垂文，懸諸日月，七殺星君律令攝！」

天上東方蒼龍七宿，西方白虎七宿，南方朱雀七宿，北方玄武七宿，共二十八顆星宿齊皆閃耀，二十八道光芒射向阿七，於他身上行走三十六小周天，他散發出明亮澄淨的清輝。

阿七手指輕彈，炳曜星焰化作天上星河，瀑洩到鍾流水身上。

這星光雖柔和，接收星光的鍾流水卻不輕鬆，所謂「炳」者，火象光明；「曜」者，日月星都稱為曜。炳曜是天上的靈光，地上的精光，是火之極致，投射到桃花仙鍾流水的身上，卻隨時都有燃火的可能性，可以說，鍾流水是以身試火。

鍾流水面對險境，卻更加一心不亂，同樣引導炳曜於體內行走三十六小周天，將炳曜星焰轉到箭簇上頭，桃弓桃矢被銀光溫柔包圍。

「白澤！」鍾流水陡然吶喊。

白澤與饕餮精神抖擻各逞本事，兩者身上早已布滿大小傷，但白澤與鍾流水心意相通，一聽喊，立刻放棄纏鬥轉身跑。

鬥得興起的饕餮還以為白澤怕了，跟著追來，突然聽到有破空之聲，立刻朝旁滾去，落空的箭轟一聲射穿樓頂避雷針的底座，石塊灰塵漫天飛。

射穿的箭繼續朝樓外飛去，這要落到地面任何一處，都等同於隕石直接撞擊地面，肯定會引起個大爆炸，貪狼星君卻不慌不忙撒出星羅雲布，這雲布裡同樣有二十八宿的力量，與炳曜星焰並不相衝，罩住箭後回拖拋射，竟又再一次朝饕餮而去。

饕餮注意力只在鍾流水身上，防範他射出第二枝箭，沒想到頭先那箭居然被攔截回來，牠始料未及防不勝防，就覺脊背一陣痛，星火雖是溫柔的將牠包裹，卻給予了沸騰的燙痛。

「嗷嗚！」牠咆哮、牠吼叫，在樓頂處翻了又翻、滾了又滾，都無法弄熄星火緩解疼痛，牠體型龐大用力又猛，幾下便將環繞樓頂的金屬欄杆給撞倒，從三百六十公尺處的高空往下墜落。

為免生變，鍾流水就要追，突然間腳軟倒在地下，白澤立刻過來用鼻子拱著他，嗷嗷幾下問怎麼了。

「炳曜……磨損我一半靈力……」

炳曜星焰，就是天外來的飛星，想像一顆小隕石落到地球表面，能造成多少難以估計的傷害，如此龐大的力量，就連鍾流水的箭矢也只吃得下一小部分，其餘的全被鍾流水吸納到體內，與自己的仙氣交互衝撞，此消彼耗，有形化為無形。總之，鍾流水為了殺饕餮，竟是拼著賠送了自己一半的靈力。

掙扎爬上白澤的背，要他追下去，這時就聽底下砰然大響，饕餮橫倒在樓底，癱軟若濕泥。

白澤再度揹著鍾流水回到樓底，貪狼星君跟阿七接著趕到，貪狼星君說：「除惡務盡，把牠給碎屍萬段吧。」

拾壹·
星羅雲布網，炳曜星焰燎

「這事……交給兩位辦……我……心有餘……力不足……」

貪狼星君看著饕餮一臉嫌惡，對阿七說：「我不適合幹那種事，交給你。」

阿七苦笑，他穿著很苦力，不代表就該把苦力活攬過來啊，但是鍾流水算半廢了，貪狼星君又那麼、唉、高貴，碎屍萬段這種事看來也只能輪自己幹了。

唉，認命去檢視饕餮是否已經死透。

跳下星軺，突然腳底下有大震動。

「有異狀，小心！」他警告著，跳回到星軺身上飛起來。

白澤也跟著虎跳上旁邊的樓房，地面開始龜裂，幾十根石柱圍繞著饕餮隆起，饕餮躺臥之處則開始往地底崩陷。

貪狼星君化為紫光飛過去，要把饕餮給抓出來，石柱卻同時往饕餮陷落的方向擠壓，疊疊層層填補，剛好擋住了紫光，又把饕餮給埋了下去，地面回復平整。

三人面面相覷，這、誰奪走了饕餮？

「土石幻遁……是幽都之民……」鍾流水喃喃問：「誰呢？」

貪狼星君冷冷道：「幽都與你關係匪淺，你都不知道了，我們當然也不知道。」

鍾流水沉默，他的確認識不少幽都人民，但是幽都早已……

城市的暗影逐漸淡薄，大樓、商店燈光一盞接一盞照亮，路上再度出現了精神飽滿的行人，停靠路邊的車輛在一臉莫名其妙的駕駛人手中重新啟動，城市活絡起來。

有部分市民注意到他們的兩個小時神祕失蹤了，但大部分市民仍渾渾噩噩，城市裡很多是行屍走肉的人，不專心思考，不專心玩樂，不專心活著，這種人卡不卡陰都一樣。

小白小黑不知從哪裡跳出來，跟阿七打招呼，看到了貪狼星君，也行了個大禮，卻沒認出他就是陸離。

小白對鍾流水說：「一個時辰到了，城隍爺已經收起鬼陣……咦，小霆霆怎麼變成老虎？好醜啊，原來的樣子比較好看。」

「吼喔喔！」好不好看關你屁事！

貪狼星君說要回天庭去述功，很快就離去了，阿七跟著也走，鍾流水卻還留在當地，看著那被填平的洞，發呆。

「事情愈來愈詭異了啊，白澤，就連你的回歸，我都不認為是個巧合。」嘆氣。

山雨欲來，風滿樓。

張聿修跟姜姜同時醒來，雖說張聿修是修道人，防範鬼上身的法門也多，但是田淵市被城隍爺弄了一手陰陽煞，只要是活人，體內的陰陽兩氣都搞亂，不管是誰都會被鬼魂趁虛而入。

張聿修完全不知道過去的兩個小時裡發生了何事，轉頭看姜姜，驚訝的問：「怎麼哭了？」

姜姜揉揉眼睛，無辜的答：「不知道。」

真的不知道，只覺得像是作了個很悲傷的夢，夢見戰敗，夢見身首異處，夢見一頭長了角的野獸……

他打了個寒顫。

張聿修吁了一口氣，姜姜這傢伙應該是擔心舅舅吧，於是他問：「餓不餓？請你吃薯條。」

不悲傷了，姜姜跳起來，三步併作兩步往外跑，嘿嘿，張聿修果然是他最好的朋友，他一輩子都會記得這最好最好的朋友。

鬼事顧問、零肆。司獸者。

【尾聲】日月喜照虎彌勒。

姬水月再次踏入桃花院落，好重的酒味，忍不住捏鼻子勸：「鍾先生，酒能傷身，少喝為妙。」

鍾流水斜臥桃花樹下逍遙椅上，搖了搖他的小酒葫蘆，說：「握月擔風且留後日，吞花臥酒不可過時，人生苦短，就該及時行樂。」

某姓白的警察正從屋子裡一拐一拐走出來，聽完神棍的話就奚落，「你根本就是酒裡養出的一條蟲，沒所謂的人生苦短。」

一隻拖鞋丟來，咚，白霆雷應聲栽倒，姬水月過去把人拉起來，不可置信。

「你全身是傷，難道是饕餮……」

沒錯，白霆雷除了一張臉完好外，全身都被繃帶給纏緊，遠看就是一隻蛆，近看就是木乃伊。

「報告科長，早上醒來我人就在這裡，身上莫名其妙一堆傷，昨晚好像……」白霆雷揉揉額頭，不甚確定，「我變成老虎，跟饕餮幹架……」

是夢、不是夢？啊啊誰來給他個確定的答案！

姬水月以眼神詢問鍾流水，後者打了個酒嗝，答：「……饕餮就算沒死也受創嚴重，短期間不可能出現，放心吧。」

一想到凶獸的頑強，姬水月都頭痛了，突然間她眼睛一亮，往白霆雷上上下下看，露出貪婪的神色，害白霆雷的小心肝撲通撲通跳。

「科、科長，幹嘛這樣看我？如果妳也是愛上我，我考慮考慮……」

「變成老虎？也對……你身上虎靈環繞……不是普通老虎，而是神獸……」姬水月繼續貪婪的看，她有相獸的眼光，而此時白霆雷虎魄加身，在她眼裡已經等級不同了。

「是白澤。」鍾流水說。

姬水月怵然一驚，卻又甜甜笑問：「鍾先生，白澤是上古神獸，蚩尤伏法後，牠也死於對決饕餮那一戰，基本上就是滅絕了，怎麼可能……」

「魂魄不散，轉生，也不過就是換個盛裝的容器罷了，滅絕不了。」

姬水月內心騷動不已，她聽懂了鍾流水的弦外之音，原來白霆雷是白澤的轉生。身為方相氏後裔，她怎麼可能不懂白澤的可貴處？當年黃帝巡行到東海，白澤對他講解天下各個鬼怪與妖獸的名字、形貌、與驅除的方術，是驅鬼與祥瑞的象徵，如果她能有這麼一頭神獸在身邊，那麼……

「他是我的。」鍾流水說。

「我家中豢養各式神獸有百種之多，鍾先生可以任意挑選。」姬水月開出條件。

鍾流水指指白霆雷，「我跟白澤早就累積了數千年的主僕之情，妳忍心拆散一對忠肝義膽的好主僕？」

「他喵的鬼才跟你有主僕之情！」白霆雷暴吼連連。

無獨有偶，院落之外也傳來喵叫，卻是一隻怪眼虎斑貓，白霆雷認出牠來，立刻指著牠鼻子大罵。

「又是你這隻貓，跑來這裡，嫌害我害得不夠慘？」

虎斑貓跳到院子裡左望右望，找吃的，公雞小玉跟貓科類不對頭，聽到貓叫，也跟著出來咕咕，宣示主權。

姬水月低身揪起貓耳提上來，她可不是在虐待動物，而是用相貓術來鑒察這隻貓，聰明又筋骨好的貓會縮起貓爪子，捲起貓尾巴過頭頂，來減輕疼痛，反之就是懶貓；她又把貓往牆上扔，那貓反射性伸出貓爪，牢牢勾住牆瓦，反應敏捷至極。

「貓經上說，擲貓於牆壁，貓爪子堅握牆壁而不脫，就是最上品的貓。」姬水月滿意的說。

也不知她用的什麼辦法，只招了招手，那貓居然跳到她懷裡，貓頭舒服的放在她那引以為傲的事業線中間，白霆雷嫉妒的牙都癢了，立刻打小報告。

「信我，牠是鬼貓，還會笑咧！」

「牠當然會笑，因為牠是難得一見又尊貴的『日月喜照虎彌勒』。」

白霆雷搞不懂，為什麼這種雜毛野貓會有個「日夜洗澡唬你了」的怪名稱，再說了，貓就是貓，跟「尊貴」兩字又搭得上什麼邊？

尾聲・日月喜照虎彌勒

姬水月對這貓還真是愛不釋手呀，抱在懷裡摸啊摸，摸到那貓舒服的瞇起眼睛，尾巴還直搖，大概還知道白霆雷羨慕著自己，笑得牙齒都露出來了，牠果然是一隻會笑的貓。

「我來田淵市出差真是來對了，這裡臥虎藏龍，連如此寶貴的貓都有。」姬水月說了一遍又一遍。

鍾流水看到貓的情態，覺得有趣，問：「『日月喜照虎彌勒』，這名字好吉祥，怎麼來的？」

姬水月娓娓解釋：「貓眼一黃一白，俗稱日月眼，能識鬼鑑怪，就跟人類的陰陽眼差不多。貓臉上沒有喜筋，這貓卻因為祖先曾在彌勒佛座下聽道，得了智慧，也學會了笑，古人愛養牠，意味帶喜入門，兼防鬼怪。」

「那麼神！」白霆雷大叫。

姬水月又把搖晃不已的貓尾巴捧在手中，「尾巴上這九節橫紋，又叫做九錢紋，專門給主人帶財……欸、小貓啊，跟著姊姊每天吃到飽，睡得好，再也不用餐風露宿了。」

貓咪喵了一聲不置可否，牠不在乎這女人的容貌是美是醜，倒是這胸部，又熱又暖像火爐，差強人意，就暫時跟著她吧。

「這貓不錯啊，連我都想養了。」鍾流水說。

姬水月退後幾步，嬌笑說：「我跟貓談好條件了呢，鍾先生慢了一步……鍾先生若是願意拿白澤來交換……」

「別打白澤的主意，他是我的。」

白霆雷流下兩行熱騰騰的男兒淚，美女科長跟資深妖孽這樣爭奪他，由不得他受寵若驚。

「我要回總署去了。」姬水月正色說：「面對饕餮太輕敵，這是我的過錯，我會回本家與長輩討教役使神獸的更精奧法門，隨時戒備饕餮現世。」

「我還真捨不得妳呢，妳比小霆霆好用多了。」

「這讚美很受用。」姬水月眨眨眼，「相信很快就會再見。」

姬水月轉身離去，那隻「日月喜照笑彌勒」卻又對著白霆雷喵喵喵連叫幾聲，也不知是不是在跟他道別。

白霆雷都愣了，等姬水月離開巷口，他才大叫：「神棍神棍，你聽到了沒，那貓會說話！」

「貓當然會說話，不在人前說，是怕犯了禁忌。」

「不在人前說，會什麼又在我們面前說？」

「牠剛剛說的可是貓語，我聽不懂。你到底聽到了什麼？」

「牠說之前搶我的機車鑰匙，是故意引我見到饕餮，讓我生出警覺，之後又騷擾我好幾次，也全是因為虎魄的請託……虎魄想回到我體內，我卻拼命跑，牠罵我笨死了。後來牠又怕饕餮傷害我，所以動員全市的貓咪，到我家樓下跟警察局站崗……」

「我才想起來，白澤能跟天底下所有的貓說話呢，難怪你現在聽得懂貓語，得貓愛戴，你是貓王嘛。」

「我不要當貓王，跟貓打交道後，我連摩托車都沒了！」白霆雷想起他已經香消玉殞的愛妻，又是悲從中來。

「白澤跑的比風還快，要摩托車做什麼？對了，身為我的坐騎，以後認命點，隨傳隨到……」

「誰是你的坐騎啊！你才是坐騎，你全家都是坐騎！」

鍾流水躺回逍遙椅中，未來或者還有一場硬仗要打，好夥伴回來，更是值得慶祝。

「小霆霆，再去裡頭搬兩罈酒出來，一起喝一杯。」

「不喝，我算執勤中。」白霆雷瞪他一眼，「如果你邀的是白澤，可以。」

鍾流水笑呵呵，醉眼遙望蓬萊，一半煙遮，一半雲埋。

《鬼事顧問肆・司獸者》完

鬼事顧問、零肆。　司獸者。

【卷尾附錄】

小白小黑來去聽演唱會篇。

下一則新聞是——
Audrey Manson
超話題搖滾歌手：奧黛莉·蔓森演唱會即將開唱，
大量歌迷湧入市區，晚間將進行交通管制——
FUCK YOU!
墮落吧!!你們這群低等的殘渣!!
RRAHH

WOOAHHHHH
魔王大人！
AAHHH
呀——
蔓森大人！
奧袋黑莉·蔓森大人！
VEERGHHHGHHH
蔓森魔王大人！
AAARRR

奧黛莉・蔓森大人！
用力推擠
!!!
撞開
呀啊——
蔓森魔王大人！
YAHH
YAHH
HHAY
呀——
小白!!
喂!!小白!!
……糟糕了……
被擠到這麼後面……完全看不到舞台了嘛。
……
你還好吧？
好吧，那就只好在這裡聽了，
要擠回前面去有點困難……
不可原諒…
我怎麼能因區區凡人，就見不到蔓森大人……
煩躁…
煩躁…

變化……

喔喔喔喔喔!?
那是什麼!
那是什麼東方的神嗎!?
冷靜點!!
等等!!
小白!!
你的偽裝消失啦!!
喔喔……
降臨啦!
為了蔓森大人降臨啦!
……
……
真不愧是奧黛莉大人!
哇啊——
……

最後被認定是進行了過度激進的應援，因此和其他的搗亂者一起被請出場外。
Manson
我們…回家看實況吧。
嗯……
讓我進去~
不要趕我出來!
我什麼都願意做!

西元2102年，美國紐約市，
這裡聚集了所有人類與非人類的佼佼者——
狼人、吸血鬼、與強大邪惡的黑暗渾沌……
身為范赫辛一族的NERO，第四十八代獵魔人，
即使餓著肚子，也要不畏艱難出發拯救世界！
者紅茶君與繪者布里斯，打造克蘇魯神話世界——
惡魔獵人
NERO
蘋果日報排行榜首週排名第十，次週擠入前三!!!
01 降臨！舊日支配者
02 強襲！火焰之邪神
全國各大書店、租書店、網路書店
持續熱賣中！
03 真相！阿爾法之心
「四月 全國便利超商、新絲路網路書店搶先首賣！
★更多詳細內容請搜尋★
不思議工作室_
立即搜尋
典藏閣
采舍國際
www.silkbook.com
版權所有© Copyright 2012

新星作者月夜暮華 繪者K@I 聯手出擊！

考試容易出錯，工作總是功虧一簣？
改命、算運、卜前程，來「風水」小店就對了！

這裡有以戲弄少年為主業，兼職風水抓鬼的大叔來為您服務哦～

店長大叔的驚悚發言，究竟是陳默的一線曙光，還是更加杯具的開始？

2012/3 全國便利超商、新絲路網路書店
正式開賣！有買有保庇哦！

★更多詳細內容請搜尋★ 不思議工作室 立即搜尋

愛紗無邊 著 Lala
福爾摩斯貴公子
紅色檔案殺人事件
01
腹黑少爺
負債女僕
極盡使喚
打工還債
起點A級作品!!六十萬讀者推薦
最曖昧的戀愛偵探推理劇場！
父親慘遭詐欺！ 欠下大筆鉅款！
她!即將賣身還債!!??
給我搞清楚。這個世界，我，就是規矩！
她就知道，麻雀變鳳凰的完美結局，
那是絕對不可能的!!
2012/3
全國便利超商、
新絲路網路書店
華麗開播！
★更多詳細內容請搜尋★
不思議工作室
立即搜尋
典藏閣
采舍國際
www.silkbook.com
版權所有© Copyright 2012

☞您在什麼地方購買本書？☜

□便利商店＿＿＿＿＿□博客來　□金石堂　□金石堂網路書店　□新絲路網路書店

□其他網路平台＿＿＿＿＿□書店＿＿＿＿＿市／縣＿＿＿＿＿書店

姓名：＿＿＿＿＿地址：＿＿＿＿＿＿＿＿＿＿＿＿＿＿＿＿＿＿＿＿＿＿＿＿＿＿

聯絡電話：＿＿＿＿＿電子郵箱：＿＿＿＿＿＿＿＿＿＿＿＿＿＿＿＿＿＿＿＿＿＿

您的性別：□男　□女

您的生日：＿＿＿＿＿年＿＿＿＿＿月＿＿＿＿＿日

（請務必填妥基本資料，以利贈品寄送）

您的職業：□上班族　□學生　□服務業　□軍警公教　□資訊業　□娛樂相關產業

□自由業　□其他＿＿＿＿＿

您的學歷：□高中（含高中以下）　□專科、大學　□研究所以上

☞購買前☜

您從何處得知本書：□逛書店　□網路廣告（網站：＿＿＿＿＿＿＿）　□親友介紹

（可複選）　□出版書訊　□銷售人員推薦　□其他

本書吸引您的原因：□書名很好　□封面精美　□書腰文字　□封底文字　□欣賞作家

（可複選）　□喜歡畫家　□價格合理　□題材有趣　□廣告印象深刻

□其他＿＿＿＿＿＿＿＿＿＿

☞購買後☜

您滿意的部份：□書名　□封面　□故事內容　□版面編排　□價格　□贈品

（可複選）　□其他

不滿意的部份：□書名　□封面　□故事內容　□版面編排　□價格　□贈品

（可複選）　□其他

您對本書以及典藏閣的建議＿＿＿＿＿＿＿＿＿＿＿＿＿＿＿＿＿＿＿＿＿＿＿＿＿＿

＿＿＿＿＿＿＿＿＿＿＿＿＿＿＿＿＿＿＿＿＿＿＿＿＿＿＿＿＿＿＿＿＿＿＿＿＿＿

＿＿＿＿＿＿＿＿＿＿＿＿＿＿＿＿＿＿＿＿＿＿＿＿＿＿＿＿＿＿＿＿＿＿＿＿＿＿

✌是否願意收到相關企業之電子報？□是　□否

✌感謝您寶貴的意見✌

✌From＿＿＿＿＿＿＿＿＿＿@＿＿＿＿＿＿＿＿＿＿＿＿＿＿＿

◆請務必填寫有效e-mail郵箱，以利通知相關訊息，謝謝◆

印刷品

請貼
3.5元
郵票

235 新北市中和區中山路二段366巷10號10樓

華文網出版集團　收

（典藏閣－不思議工作室）

不思議工作室

「年輕、自由、無極限」的創作與閱讀領域

為什麼提到奇幻的經典，就只會想到歐美小說？
為什麼創意滿分的幻想作品，就只能是日本動漫？
為什麼「輕小說」一定要這樣那樣？

站在巨人的肩膀上，是為了看得更遠。
讓我們用自己的力量，打造屬於自己的文化！

不思議工作室，歡迎各式各樣奇想天外的合作提案。
來信請寄：book4e@mail.book4u.com.tw

不論你是小說作者、插圖畫家、音樂人、表演藝術工作者……
不管你是團體代表，還是無名小卒。
不思議工作室，竭誠歡迎您的來信！
官方部落格：http://book4e.pixnet.net/blog

我們改寫了書的定義

董事長　王寶玲
總經理　兼　總編輯　歐綾纖
出版總監　王寶玲
印製者　和楹印刷公司

法人股東　華鴻創投、華利創投、和通國際、利通創投、創意創投、中國電視、中租迪和、仁寶電腦、台北富邦銀行、台灣工業銀行、國寶人壽、東元電機、凌陽科技(創投)、力麗集團、東捷資訊

◆台灣出版事業群　新北市中和區中山路2段366巷10號10樓
TEL：02-2248-7896
FAX：02-2248-7758

◆倉儲及物流中心　新北市中和區中山路2段366巷10號3樓
TEL：02-8245-8786
FAX：02-8245-8718

鬼事顧問/林佩作. -- 初版. —新北市：

華文網，2011.10-

冊；　　公分. --(飛小說系列)

ISBN 978-986-271-198-9(第4冊：平裝). ----

857.7　　100018492

飛小說系列022

鬼事顧問04- 司獸者

出版者■典藏閣
作　者■林佩　　繪　者■ANTENNA牛魚
總編輯■歐綾纖
製作團隊■不思議工作室
台灣出版中心■新北市中和區中山路2段366巷10號10樓
郵撥帳號■50017206 采舍國際有限公司（郵撥購買，請另付一成郵資）
電　話■(02)2248-7896　傳　真■(02)2248-7758
物流中心■新北市中和區中山路2段366巷10號3樓
電　話■(02)8245-8786　傳　真■(02)8245-8718
ISBN■978-986-271-198-9
出版日期■2012年4月
全球華文國際市場總代理／采舍國際
地　址■新北市中和區中山路2段366巷10號3樓
電　話■(02)8245-8786　傳　真■(02)8245-8718
新絲路網路書店
地　址■新北市中和區中山路2段366巷10號10樓
網　址■www.silkbook.com
電　話■(02)8245-9896
傳　真■(02)8245-8819